KB181868

한국 희곡 명작선 136

마트료시카

한국 희곡 명작선 136

마트료시카

이미경

평민사

의
미
경

마트료시카

마트료시카(Матрёшка): 러시아 전통 인형인 마트료시카 (Matryoshika)는 달걀 모양의 인형 안에 작은 인형어 겹겹이 들어있는 형태인데, 제작자의 솜씨에 따라서 겹쳐지는 인형의 개수는 수십 개에 이를 수도 있다.

등장인물

이양 : 20대 여자
고씨 : 50대 남자
소군 : 20대 남자
아줌마 : 40대 여자

팀장 : 40대 여자
매니저 : 30대 남자
주임 : 50대 남자

김사장 : 60대 남자

윤회장 : 70대 남자
윤회장 비서 : 이양이 일인이역

원숭이
필요하면 독수리도.

무대

컴퓨터 만드는 큰, 매우 큰 공장. 이름은 '알파 공장'
무대 가운데는 생산 공정이 이루어지는 공장 안.
그 주변은 노동자들을 감시하는 관리직 사람들과 김사장의 공
간이다.
시작은 공장 안과 공장 밖을 구분하는 경계선(커튼으로 처리)
외에 몇 개의 의자로 충분하다.
사건이 전개되면서 각 장에 필요한 물건들로 점점 무대가 채워
진다.
쌓이는 물건들 때문에 무대는 슬슬 버거워진다.

1장

조명이 밝아지면 김사장이 앉아있고 팀장. 매니저, 주임이 서 있다. 팀장은 키가 크고 말랐으며 아는 게 많은, 그래서 깐깐한 여자다. 매니저는 보통키에 근육질이며 잘 생겼다. 주임은 두꺼운 안경을 썼고 뚱뚱하며 비굴할 만큼 아부를 잘한다. 김사장은 머리부터 발끝까지 온통 유명브랜드 제품으로 치장했다. 하지만 안타깝게도 그리 멋져보이진 않는다. 오히려 어깨에 내려앉은 비듬만 도드라질 뿐.

김사장   그러니까 인제까지 몇 명이었지요?

주 임   이제까지요?

김사장   그러니까, 인제까지요!

주 임   아~ 예. 이제까지~ (커다란 숫자가 적힌 번호판을 보여주며) 43명!

매니저   한 명 더하면 사십삽니다. 숫자도 마음에 안 듭니다. 사사라.

팀 장   '4'는 성스러운 숫자입니다. 1, 2, 3, 4를 더하면 10이라는 완전한 수가 되니까.

주 임   죽을 사가 두 개인데요.

팀 장   우리나라 그렇죠. 옛날 독일 황제 카를 4세는 4를 좋아해서 하루에 네 번씩 식사를 하고, 마차도 네 마리 말이 끌게 하고, 왕관에도 네 개의 뿔을 달고….

매니저 아하! 그리고 보니 여자 44사이즈에 볼륨감이 있으면 괜찮겠네….

김사장 됐고! 그러니까 그게, 자살 건수와 무슨 상관이요? 43이니 44니 숫자가 중요한 게 아니라, 인제, 시찰단들이 우리 공장에 온다는 게 중요한 거 아니오. 엡실론공장은 자살 상황이 어떤지 알아봤소?

주 임 (귓속말 하듯 작은 목소리로) 37명이래요.

김사장 (매우 언짢음에 나오는 푸념) 으휴!!!

주 임 사장님, 엡실론공장에서 이번에 또 무슨 시스템을 사들였다던데요.

팀 장 '자살예측 시스템'입니다. 일기예보처럼 날씨, 일조량, 물가, 주가, 실업률 등을 파악해서 그날의 자살 가능성을 예측하는 방법입니다. 가능성이 높은 날은 경계를 강화해서 자살률을 소폭 줄였다고 들었어요. 문제는 설치비용이 만만치 않다는 건데. 음지로 거래되는 물건이라 부르는 게 값이라는….

매니저 아니, 소폭 줄이려고 그 비싼 투자를 왜 합니까?

매니저는 갑자기 웃옷을 벗고 근육을 뽐낸다.

김사장 뭐하는 거요?

매니저 차라리 저에게 투자하십시오. 저는 퇴근 후부터 출근 전까지 매일 운동을 합니다. 이 성난 잔 근육이 보이십니까?

우와~ (혼자 과장되게 감탄한다. 근육들을 매만지며) 잔잔한 근육들. 힘을 주면 파도가 일지요. (힘을 주어 파도처럼 움직이는 근육의 모습을 보여준다) 쏴아아, 쏴아아. 전 거울로 매일 보는데도, 깜짝깜짝 놀란다니까요. (다시 자기 근육을 바라보고 감동하며 눈을 감았다 뜬다) 오~우, 오~후! 하~! 운동하는 사람들끼리는 다 아는데, 이런 근육을 만들긴 쉽지 않습니다. 제가 만든 근육이지만, 이건 뭐, 예술입니다. (다시 힘을 주어 근육의 움직임을 보여주며) 쏴아아, 쏴아아.

김사장 (탐탁지 않은 표정) 제정신이오? 그러니까 그게, 자살 방지와 무슨 상관이요?

매니저 (웃옷을 다시 입는다) 상관이 있죠. 상관이 아주 깊죠. 절 그냥 액자에 담아 벽시계 옆에만 걸어놔도 죽고 싶은 마음은 싹 사라지죠. 이 몸, 생동감 그 자체 아닙니까? 살고 싶은 욕망을 팍팍 불어넣어줍니다. (다시 파도처럼 움직이는 근육의 모습을 보여준다) 쏴아아, 쏴아아.

김사장은 반신반의하며 갸우뚱.

매니저 공장 언니, 누나, 아줌마, (옷을 살짝 재껴준다) 이 몸만 보면 졸린 눈도 번쩍, 피곤한 눈도 번쩍! (팀장에게 건들대며) 팀장 누님, 그만 좀 쳐다보십시오. 제 가슴 뚫어지겠습니다. 크크크.

팀장은 본체만체한다. 김사장은 고개만 갸우뚱.

김사장 아무 거나 좋소. 인제… 숫자가 하나라도 늘어나면, 인제,
여러분 모두 각오해야할 거요. 시찰 성적은 우리 회사의
명예와 운명이 걸려 있소. 회장단 평가가 안 좋아서, 감마
공장 훅 간 거 보셨죠?

일동 침묵.

김사장 자살만큼 회사 이미지에 먹칠하는 일이 또 어딨소?
주 임 지당하신 말씀입니다.
팀 장 하지만 로마 철학자 세네카는 '사람은 편안하게 살 집을
고르듯이, 이 세상을 떠날 방법을 고를 권리가 있다'고 했
어요.
김사장 그래서요? 자살 많은 회사라는 로고라도 달자는 거요?
팀 장 아니, 제 말은, 프라이버시, 즉 자살이 왜 시찰의 척도가
되느냐는 거죠.
김사장 내 말이 그 말 아니오. 공산주의도 아니고. 본인이 알아서
민주적으로 결정한 문제를, 마치 회사에 무슨 문제라도
있는 것처럼… 쯧쯧쯧.
팀 장 사장님. 세계보건기구에 따르면 자살 동기가 989가지이
고 자살방법은 83가지라고 해요. 자살을 막는다는 건 이
론적으로 불가능해요.

김사장 됐고! 불가능을 가능하게 하라, 우리 회사의 모토 아니오? 인제… 900가지가 아니라, 인제 천 가지라고 하더라도 막아요!

주 임 지당하신 말씀입니다. 신제품 출시 일을 시찰하는 날로 맞추는 건 어떨까요?

김사장 우리의 야심작 '페르세우스 W' 말이요? (박수치며) 좋은 생각이오. 그 날까지 출시가 가능하겠소?

주 임 불가능을 가능하게 하라, 그게 우리 회사 모토 아닙니까?

김사장 맞소, 맞소!

주 임 걱정은 엿가락처럼 돌돌 말아, (엉덩이를 들이대며) 요기에 척 붙여두세요. 제가 누굽니까? 척하면 척하는 사장님의 척~맨 아닙니까?

김사장 그래주오. 인제 제발 척척 알아서 해주오. 이번 신제품 '페르세우스 W'는 인류의 역사를 다시 쓰게 할 거요. 컴퓨터의 대혁명! 다른 공장에서는 발명하지 못한 방수 컴퓨터.

주 임 설거지하듯이 물에 깨끗이 씻는 컴퓨터. 보이진 않지만 손때로 세균이 얼마나 많겠습니까? 컴퓨터는 한마디로 세균덩어리죠. 하지만 '페르세우스 W'는 물로 씻을 수 있으니, 위생적으로 진일보한 기계가 되겠죠.

김사장 그렇지, 그렇지.

김사장이 즐거워 웃자. 모두 성심성의껏 따라 웃는다.

김사장   회장님도 무척 기대하고 계세요. 인제, 그놈의 자살률만 떨어뜨리면 된단 말이오.

매니저   (다시 힘을 주어 근육의 움직임을 보여주며) 쏴아아, 쏴아아. 걱정 마십시오!

김사장   그러니까 인제, 방심한 틈에 한 명이라도 성공하면 우린 끝장이요. 어떻게든 자살만은 막으시오! 사람이란 게 당췌 다루기 힘든 거라. 기계 반만 닮아도 얼마나 좋겠소? 기계야, 졸기를 하나, 딴 짓을 하나, 딴 맘을 품길 하나. 기계가 <u>스스로 목숨 끊는</u> 거 봤소?

주 임   지당하신 말씀입니다.

팀 장   그런데 기계도 여러모로 문제가 많아요. 버그에 잘못 걸리면….

이때, 울리는 김사장의 핸드폰벨소리.
김사장이 전화를 받는다. 수화기에서 들려온 목소리에 의해 김사장은 정중한 자세로 바뀐다. 김사장의 전화소리에 묻히는 팀장의 지루한 설명.

김사장   예. 김사장입니다.

모두 김사장의 자세를 따라 정중한 자세를 취한다.

김사장   베타공장에서요? (기뻐하는 제스처) 아, 예. 저희는 아무 일도 없습니다. 저희 회사가 자살률이 조금 높은 편에 속하긴 하지만. 인제… 걱정 마십시오. 예, 그게 인제, 그러니까 인제, 꾸준히 감시하겠습니다. 예, 알겠습니다.

김사장이 전화를 끊고 모두를 향하여.

김사장　　베타공장에서 또 한 명이 자살했다는군.

모두 환호의 제스처와 함성.

주 임　　베타공장이 이번에 우리 회사와 경쟁할 신제품 출시를 앞두고 있다던데. 입체컴퓨터라고.

김사장　　그래요?

주 임　　한 명 추가됐다면, 베타 공장은, (파일을 찾아보며) 42명인데요.

매니저　　우리보다 한 명 적네요.

김사장　　어서들 가서 감시를 더 철두철미하게 하시오! 신제품 출시도 차질 없도록 준비하시고.

모 두　　네! 사장님!

김사장이 나간다.
깔끔한 암전.

2장

무대 중앙은 작업실이다.

작업실 앞에는 이양, 고씨, 소군, 아줌마가 작업실로 들어가기 위해 줄 서 있다. 옆으로 팀장, 주임, 매니저 순으로 그들을 검사하기 위해 서 있다. 작업실 입구에 공항검색대에 있을 법한 전신을 스캔하는 기구가 있다. 이 기구는 봉과 훌라후프를 연결하여 그럴듯하게 만들어져 있어야 한다. 커다란 원의 훌라후프. 4명이 그 기구를 통과할 때마다 주임이 그들의 몸을 더듬고 소지품을 검사한다. 매니저는 주임으로부터 다소 떨어진 곳에 마치 마네킹처럼 서 있다.

먼저, 팀장이 그들 모두에게 서약서가 들어있는 두꺼운 파일을 준다.

팀 장 서약서입니다. 읽어보세요. 읽어보시고, 마지막 페이지 230쪽 사인 란에 사인해주세요. 공장에 들어가기 전까지 모두 사인하셔야 해요. 지각하시면 지각한 만큼 월급에서 제하는 거 아시죠? 서둘러 주세요.

고 씨 무슨 내용인데요?

이 양 이걸 어떻게 다 읽어요? 출근하기도 바쁜 아침에.

아줌마 (파일을 눈에서 멀찌감치 떨어뜨려, 읽어보려 애쓰며) 글씨가 쪄그매갔고 잘 안 보잉당께.

소군이 보지도 않고 사인을 한다.

고 씨   자네, 뭔 줄 알고 사인을 하나?

소 군   아무려면 어때요.

팀 장   자살 계획이 없으신 분들에겐 아무 상관이 없는 내용이에
        요. 자살했을 때, 파기되는 계약들이니까. 선택은 본인들
        의 자유지만, 죽는 것만큼은 아무 데서나 하면 안 되죠. 뒷
        정리는 온전히 살아있는 사람들 몫이니까. 엄연히 공짜가
        아니에요. 마지막 양심의 문제라고나 할까. 이 파일을 보
        시면 자살로 인한 회사 피해액이 자세히 나와 있어요. 일
        시적인 작업량 저하, 동료들 정서에 영향을 끼쳐 생산량
        이 떨어지게 하는데서 오는 피해액, 새로운 사람을 선발
        하는데 드는 비용….

고 씨   (말을 자르며) 그럴 계획 전혀 없는데. 안 그래요, 아줌마?

아줌마   당연히 그라지라잉.

이 양   이렇게 힘든 시국에 일자리 주신 것도 감사한데.

팀 장   좋아요. 하지만 가장 변덕스러운 게 사람 마음이라, 늘 계
        약이 필요하죠. 지키지 않을 시에는 연좌제로 가족이나
        친지에게 형사책임을 물을 수도 있습니다.

고씨가 바로 사인한다.

팀 장   자살방지 강화기간입니다. 회사를 둘러볼 손님도 오실 예

정이고. 서약서를 지금 다 읽기 곤란하시면, 먼저 사인을
하시고 나중에 집에 가셔서 읽어보세요.

이양도 파일을 들쳐보려다 사인을 한다.

아줌마   읽어볼지도 않고 사인해도 괜찮당가? 제가 온 지가 을마
안 되갔고 잘 몰라서라잉.

고씨는 대답 대신 자신의 시계를 보여준다. 아줌마는 놀라며 바로
사인을 한다.
팀장은 녹음기를 꺼내 그들의 입에 바짝 대고 녹음한다.

팀 장   늘 하시던 대로 선서하고 들어가겠습니다.
고 씨   오늘 절대 자살하지 않겠습니다. 4월 1일. 고씨.
팀 장   통과!
이 양   오늘 절대 자살하지 않겠습니다. 4월 1일. 이양.
팀 장   통과!
아줌마   (주머니에서 종이를 꺼내 펼친 후, 눈을 찡그리며 본다) 오~늘, 저
         어얼대 사~살하~지 않~겠….
이 양   아주머니, 사살이 아니라 자살이에요. (팀장에게) 오신 지 얼
         마 안 되셔서.
아줌마   자~살하지 않겠습니다잉. 4월 1일. 이름.
팀 장   이름을 말해야죠.

아줌마   아하, 4월 1일. 아줌씨.

팀 장   통과!

소 군   (얼버무리듯 빠르게) 오늘 절대 자살하지 않겠습니다.

팀 장   정확히 말씀해주실래요?

소 군   오. 늘. 절. 대. 자. 살. 하. 지. 않겠습니다. 4월 1일. 소군.

팀 장   통과!

팀장이 녹음기를 끈다.

소 군   크크크, 만우절이네.

팀 장   (파일을 정리하며 쳐다보지도 않고) 서약서 175페이지부터 179 페이지까지 만우절 날 선언한 내용을 어겼을 때, 물어야 할 책임이 자세히 나와 있어요. 나중에 읽어보세요.

에너지가 방전된 듯한 소군의 얼굴에도 놀람의 표정이 스쳐간다. 팀장이 나간다.
고씨가 검색대를 통과하고 주임에게 간다. 주임이 그의 몸과 소지 품을 검사한다. 주임이 초대형 돋보기를 가지고 고씨의 얼굴을 살 핀다. 고씨는 지겨운 듯, 자꾸 하품을 한다.

주 임   좀 웃지.

고씨가 억지로 웃는다.

주 임 (속 터지는 독수리 타법으로 노트북에 기록한다) 억지로 웃음. 하품을 자주 함.

고 씨 (하품을 하다 멈춘다) 죄, 죄송합니다. 사실, (주임의 독수리 타법을 흉내 낸다) 이러시는 데 어떻게 하품이 안 나오나요? 안 그래요?

주 임 (아랑곳하지 않고, 열심히 자판을 확인해가며 두드린다) 빈정댐, 반항적 기질. 노조 가능성 농후. 작업준비 마이너스.

고 씨 주임님, 죄송합니다. 어제 제가 야간 근무 마치고 새벽 두 시에 기숙사에 들어갔어요. 4시간 만에 다시 출근이라 잠이 덜 깼나 봐요.

주 임 수면 부족. 회사 스케줄에 불만.

고 씨 뭔가 오해가 있으신가 본데,

주 임 (자판을 두드리며) 관리자 불신.

고 씨 아닙니다, 아닙니다. 저는 어제 잠이 든 순간부터 아침까지 오직 이 순간만을 기다려왔습니다. 노동이 시작되는 새벽! 저 여명, 저에겐 희망의 빛입니다. 하지만 이 몸뚱이가 낡았어요. 그래서 하품도 자꾸 나오고 잠 깨는데 시간도 걸리고. 그래도 일단 자리에 앉으면 실수 없이 일을 한답니다. 전혀, 네버. 10초마다 반복되는 동작을 (컴퓨터 덮개 씌우는 동작을 보여준다) 십년 넘게 했는데 틀릴 리가 있겠어요, 안 그래요?

주 임 말이 많음. 자살위험군은 아님. 일단 통과!

고 씨 감사합니다. 감사합니다!

고씨는 공장 입구에 서 있는 매니저에게로 다가간다.

매니저는 자신이 할 수 있는 최대의 포즈를 취한다. 어찌 보면 미켈란젤로나 로댕의 조각 같기도 하다. 고씨가 지나가려하자 다양한 포즈를 연출한다. 고씨가 간단히 그의 동작을 흉내 낸다.

고 씨 수고하십니다.

고씨가 매니저를 지나간다. 고씨는 공장 작업실 안(무대 가운데)으로 들어갔다.

매니저는 고씨의 빠른 반응이 섭섭하다. 다시 처음 자세로 돌아간다.

한편. 이양은 검색대를 통과했다. 주임은 이양의 몸을 수색한다. 그녀의 몸을 아래에서부터 위로 훑다가 그의 손이 그녀의 가슴을 스쳤다. 그녀가 흠칫 놀라 몸을 뺀다.

주 임 미안, 미안. (가슴을 뚫어지게 쳐다보며) 그 안에 있을 것만 있는 거지?

이양이 손으로 어정쩡하게 가슴을 가리고 몸을 돌린다.

주 임 (웃으며) 좀 커서. 혹시 다른 거 숨겨뒀나 했지.

주임이 이양의 가방을 뒤진다. 가방에 잔뜩 들어있는 콘돔을 발견

한다. 콘돔 하나를 꺼내든다.

주 임   이건 무엇에 쓰는 물건인고?

이양이 재빨리 가방을 가져가려는데, 주임이 안 뺏기려다가 콘돔
이 제법 많이 떨어진다.

주 임   귀염둥이! 너 알바 뛰냐?

이양이 가방을 가져다가 콘돔을 주워 넣는다.

주 임   (콘돔 하나를 까서 보더니) 이건 야광이냐? 밤에 보면 스타워
즈 광선검 같겠는데. 낄낄낄.
이 양   (빼앗아서 가방에 넣으며) 풍선껌이에요.
주 임   뭐? 풍선껌? (콘돔을 던지며) 씹다말고 포장했냐? 하긴 커져
야 광선검이지, 안 커지면 풍선껌이지.
이 양   그게 아니고.
주 임   자꾸 거짓말할래? (노트북 자판을 친다) 콘돔 다량 소유. 공장
에서 매춘 알바 의심.
이 양   아니요, 콘돔은 맞는데. 전 알바 안 해요.
주 임   (자판을 친다) 회사 사직 검토.
이 양   주임님, 저희 할아버지가 방광암 진단을 받으셔서, 많이
아파요. 사직은 제발, 사직은 안 돼요.

주 임   (그녀 귀에 대고 속삭이듯) 한 번에 얼마야?

이양 얼굴이 달아오른다.

이 양   할아버지 없으면 안 돼요. 할아버지가 많이 아파요.

주 임   그래서 얼마냐고?

이 양   그런 거 아니에요.

이양이 앞에 있는 매니저에게 도움을 요청하듯 달려간다.

이 양   매니저님, 매니저님.

매니저   (근육을 보이며) 쏴아와, 쏴아와.

이양이 눈물을 터뜨린다.
매니저가 놀라 이양을 안아준다.

주 임   (혀를 차고) 매니저, 네가 다스베이더야? 하긴 몸이 좋으니까 광선검 되겠네.

주임은 고개를 돌려, 마침 검색대를 통과한 소군을 수색한다. 왼쪽에서는 주임과 소군, 오른쪽에서는 매니저와 이양의 대화가 이루어진다.

매니저   왜 그래?

이양을 떨어뜨려놓고 다시 포즈를 잡으며 근육을 뽐낸다.

매니저   울지 마. 이 몸을 보고 감격했어? 삶의 의욕이 마구 샘솟지?

이양이 고개를 숙이고 말이 없다.

매니저   (팔 근육을 선보이며) 만져볼래?

이양이 눈물을 글썽이며 공장 안으로 훅 들어간다.

매니저   눈물 날 정도인가?

매니저는 어깨를 으쓱하고 다시 근육을 뽐내는 자세로 돌아간다.

주 임   (커다란 돋보기로 소군 얼굴에 들이대며) 피곤한가?
소 군   아니요.
주 임   다크 서클이 판다 수준인데.
소 군   아니요.
주 임   일할 수 있겠나?
소 군   아니요. 아~ 예.
주 임   무기력은 자살 위험군이야. 오늘은 공장에 들어갈 수 없어.

소 군   (무심하게) 예.

주 임   집으로 돌아가. 나아지면 출근해.

소 군   (그제야 정신이 들었다) 예? 아니요. 저 들어가야 돼요. 집에 돈을 부쳐야 돼요. 제가 저희 집 유일한 수입원이라.

주 임   무기력은 전염 가능성이 높아.

소 군   (억지로 웃어 보이며) 아침이라 그래요. (뒤를 가리키며) 저 아줌마는 공장 온 지 일주일 됐어요. 전 여기서 구 년 됐고요. 누가 더 일을 잘 하겠어요? 주임님.

주 임   (노트북을 보며) 자네가 컴퓨터 마크 끼우다 이번 달에 두 개 파손시킨 거 알고 있지? 벌써 벌점이 경고야. 한 번 더 받으면 위험이고, 다음엔 사직서 제출.

주임이 소군을 유심히 쳐다보자 소군이 꾸벅 인사를 한다.

주 임   (자판을 두드리며) 무기력. 오늘 돌려보냄. 작업 중 실수 위험.

소 군   (놀라서 자판을 마구 두드리다) 주임님. (알라신을 숭배하듯 엎드린다) 한번만, 한번만 봐주세요.

주 임   (안주머니에서 무언가를 싼 작은 종이를 꺼내 소군 주머니에 넣으며) 피로회복제야. 두 장.

소 군   주임님.

주 임   돌아가.

소군이 일어나 주머니에서 꼬깃꼬깃한 만 원을 두 장 꺼내 준다.

주 임   (돈을 넣으며 웃는다) 봐준다. 개똥밭에 굴러도 이승이 좋은
          법이야. 딴 맘 품으면 안 돼.

소 군   예.

주 임   이렇게 들여보내줬는데 또 실수하면 안 돼. (일부러 크게)
          통과!

          소군이 고개를 끄덕이고 지나간다. 주임을 벗어나자마자 다시 어
          깨를 축 늘어뜨리고 걷는다. 아주 천천히 걷는다. 주임이 뒷모습을
          바라본다.

주 임   아무래도 위험해. 눈여겨봐야겠는데.

          소군은 땅만 쳐다보고 걷는다. 매니저가 서 있다는 것조차 인식
          하지 못한다. 소군이 문 앞에 이르자 고개를 든다. 순간, 매니저가
          한 손으로 팔굽혀펴기를 한다. 소군은 아랑곳없이 땅이 꺼지게 한
          숨을 뱉고 다시 고개를 숙인 채, 공장 안으로 들어간다.
          주임이 고개를 돌려 졸고 있는 아줌마를 본다. 그녀에게 다가간다.

주 임   아줌마?

          아무 반응이 없다.

주 임   아줌마!

역시 무반응.

주 임   아줌마!!! 물건 넘어와요!!!

아줌마가 벌떡 일어난다. 일어나서 자신이 하던 일의 동작(컴퓨터
나사 조이는 동작)을 반복한다.

주 임   (그녀의 손을 잡고) 그만! 쯧쯧쯧. 일을 시작하기 전부터 졸면
어쩌나?

주임은 아줌마 손을 잡고 검색대를 통과시킨다. 수색을 핑계로 그
녀의 몸을 더듬는다. 깜짝 놀란 아줌마가 주임을 강하게 밀어낸
다. 주임이 뒤로 나뒹군다.

주 임   (일어나며) 이 여자가 미쳤나?
아줌마   옴메, 미안하요, 잉. 시방 지 몸을 더듬웅께 지도 모르게.
          뭣땀시 그란다요?
주 임   뭐요? (자기 눈을 가리키며) 여기 달려있는 건 뭡니까? 나도
          눈이란 게 있어요.
아줌마   주머니나 가방을 보서야제. 으째 지 몸을….
주 임   아줌마!!! 지금 내가 아줌마한테 딴 맘을 품었다는 거요,
          뭐요? 나도 취향이라는 게 있어요. 이건 절차이자 관행이
          에요. 의심스런 도구를 소지하고 있나 없나 살핀 거라고

	요. 뭐 숨기는 거 있어요? 그러면 오늘은 일 못하겠는데.
아줌마	없서라. 없서라. 암 것도 없당께라.

아줌마가 자신의 치마를 들었다 내리며.

아줌마	봐보쇼. 암 것도 없당께라.

아줌마가 들어가려고 발을 떼자.

주 임	들어가시게?
아줌마	(고개를 깊게 숙이며) 아따, 겁나게 죄송합니다잉.
주 임	좋아. 한 번 봐주지. 대신, 오늘은 하루 종일 앞에 간 청년을 감시하세요.
아줌마	소군?
주 임	(고개 끄덕이며) 이상한 행동이 감지되면 나한테 바로 보고하고.
아줌마	알았어라. (억지로 웃어 보이며, 손을 올린다) 지는 오늘 절대 자살하지 않겠서라. (손을 내리고) 욕보쇼잉.

아줌마가 주임을 지나간다.
주임이 가볍게 웃으며, 자신의 물건들을 챙겨 나간다.
매니저는 여전히 공장 입구에서 건강한 몸을 으스대고 있다.

매니저   오늘 컨디션 어떠십니까?

아줌마   아따 이거시 뭐시당가. 사람이네잉. 씨브럴, 마네킹인 줄 알았네.

아줌마의 큰 관심에 신난 매니저, 여러 동작을 뽐낸다.

매니저   생동감이 팍팍 느껴지시죠?

아줌마   (똑바로 쳐다보지 못하고) 오메, 어쨔스까, 어쨔스까. 이라고 튼실한 몸땡이 첨봤어라. 아따 거시기 해부네잉. 텔레비전에서만 나오는갑다 했는디, 오메 오메.

매니저   (근육을 움직이며) 쏴아와. 쏴아와.

아줌마   한 번 만져 봐도 될랑가 모르겠소잉.

매니저   얼마든지요.

아줌마가 매니저의 가슴 근육에 살짝 손을 댔다 뗀다. 아줌마가 쑥스러운 듯 손으로 얼굴을 가리고 웃는다. 매니저는 아줌마의 손을 잡고 자신의 가슴을 팍팍 친다.

아줌마   오메, 오메, 어쨔스까, 어쨔스까.

매니저   싱싱하죠. 날뛰는 활어를 잡아 회 친 것처럼. 초고추장에 찍어서. 캬~ 소주 한 잔 땡기네. 아침부터.

아줌마   지도 겁나게 땡겨부네요잉.

매니저   사는 게 그런 겁니다. 열심히 일하고 나서 맛있는 거 먹는 거. 살맛나는 세상이죠. (이미 술 한 잔이라도 걸친 듯 갑자기 노래를 시작한다) 아름다운 이곳에 내가 있고 (아줌마를 가리키며) 네가 있네. (아줌마 손을 잡으며) 손잡고 가보자. 달려보자. 저 회사로. 우리들 모여서 말해보자. 새 희망을.

아줌마가 미소를 지으며 그의 제스처에 응한다.
매니저는 더 신난다.
그때, 그들의 흥을 깨고 들려오는 작업 시작을 알리는 종소리.
아줌마는 깜짝 놀라 매니저의 손을 던지듯 놓는다.

아줌마   시방 시작종이지라? 아따 징하게 고맙소잉. 지는 들어가야 쓰겄소.

매니저   하하하. 힘드신 일 있으면 언제든지 말씀하세요. 최대한 도와드릴게요.

아줌마가 꾸벅 인사를 하고 공장으로 들어간다.
매니저도 흡족한 모습으로 나간다.

작업실 안 (무대 중앙).
고씨가 커튼을 젖힌다.
뒷배경은 같은 옷을 입고 켜켜이 앉아 작업을 하고 있는 모습의 사진으로 들어차면 좋겠다.
고씨, 이양, 소군은 이미 하얀 가운을 입고 하얀 모자를 쓰고 자신의 자리에 앉아서 일을 하고 있다. 아줌마도 같은 가운과 모자를 착용하고 자신의 자리에 앉는다. 그들은 말없이 반복되는 작업(노트북 생산 공정에서 각자 맡은 일에 해당하는 동작)을 한다. 예를 들면 컴퓨터 내부를 조립하는 동작. 컴퓨터 껍데기를 끼우는 동작. 나사를 돌리는 동작. 로고를 붙이는 동작 등. 그들의 움직임은 기계들처럼 매우 절도 있고 매우 정확하다. 그리고 매우 간단하다. 때로 졸거나 창문을 보거나 딴 짓을 할 때도 자신들의 반복되는 작업에는 전혀 지장을 주지 않는다.

아줌마	고씨 아재, 어제 뭐했소?
고 씨	그저께 했던 거.
아줌마	호호호. 그저께 뭐했는디요?
고 씨	그그저께 했던 거.
아줌마	아따 긍께 그그저께는 뭐했다고라?
고 씨	허, 뭐 뻔한 걸 자꾸 묻나. 일하고 먹고 자고, 일하고 먹고 자고. 일주일 전이나 한 달 전이나, 똑같지.

사이.

아줌마	어제 저녁은 뭐 묵었소?
고 씨	그저께 먹은 거.
아줌마	아따 그렇게 생각해불믄 지겨워서 으뜨케 사요?
고 씨	모르는 소리. 뭐든지 지겨운 게 좋은 거야. 지겹다는 건 안

정적이라는 거니까. 불안하면 지겨울 수가 없지. 안 그래?
직장에서 쫓겨나봐야 지겹다는 게 행복이었다는 걸 알지.

이 양　아저씨 말이 맞아요. 그런데 지겹다는 게 참 견디기 어려
워요.

고 씨　네 나이엔 그래. 그걸 견뎌야 포기가 되지. 그래야 편안해
져. 이 기계처럼 조용해지고. 마음도 조용해지고 불만도
조용해지고 희망도 조용해지고. 인생이 조용해지지.

사이.

이 양　아저씨, 이 컴퓨터 다 만들어지면 어떤 모양이에요? 완성
품을 본 적이 없어서. 매일 이 판만 끼우니. 어떤 모양이기
에 사람들이 그렇게 사댈까요? 꽤 근사한가 보죠?

고 씨　무식하긴. 모양이 중요한 게 아니라 기능이 중요한 거지.

이 양　꼰대 같은 소리.

고 씨　뭐?

이 양　컴퓨터 기능이야 비슷비슷하겠죠. 중요한 건 모양이라고
요. 여자들 생각해봐요. 몸에 있는 기능은 다 똑같잖아요.
그러니 얼굴이나 몸매를 따지죠.

아줌마　(웃으며) 장군! 그 말이 맞네.

고 씨　뭐가 맞아? 불 끄면 다 똑같지.

아줌마 웃음보가 터진다.

아줌마   명군! 그것도 맞네.

이 양   시대가 바뀌었어요. 요즘은 뭐든지 생긴 걸 봐요. 사람이든 물건이든. 하다못해 콘돔도 예쁜 걸 보는데.

고 씨   젊은 계집애 입에서 못하는 소리가 없네.

아줌마   오메, 그것이 으트케 다르당가?

이 양   다르죠. 얼마나 예쁜 게 많은데요. (미소를 지으며) 전 너무 예뻐서 수집도 하는데요.

아줌마가 웃는다. 고씨는 혀를 찬다.

이 양   어제는 뽀로로 모양도 나왔더라고요. 체리향 나던데.

고 씨   그런 걸 왜 모아?

이 양   지겨우니까. 지겨운 걸 견디기 힘드니까. 어렸을 때 공기나 인형 모으던 것처럼 모아요. 그거 널어놓고 보고 있으면 재밌어요.

고 씨   요즘 애들은 어째 창피한 게 없누. 에휴, 나라가 어찌 되려고.

아줌마   또, 또 뭐가 있는디?

이 양   채소 모양. 호박, 가지, 옥수수 뭐 그런 것도 있고.

아줌마가 자지러진다.

고 씨   이 아주머니 오늘 안에 숨 넘어 가시겠네.

이 양	동물 모양도 있어요. 호랑이, 말, 고양이. 고양이는 푸시캣인데, 보라색이고. 제가 제일 좋아하는 모양이에요.
아줌마	그라믄 뱀도 있당가?
이 양	올해는 청마해라고 파란 말도 한정판으로 나왔어요.
아줌마	(깔깔대고 웃으며) 청마헝께 파란 말이 나와불믄 그 다음은 흐간 양이 나오겄네잉. 그 다음엔 뻘건 잔나비가 나오고 잉. (웃다가) 오메, 환장허겄네.
고 씨	그만해. 저 아줌마 웃다가 물건 넘어오는 거 놓칠라.
이 양	빨랫줄에 쭉 걸어놨어요. 아이스크림 가게처럼.
아줌마	아이스께끼, 아이스께끼… 핥아먹는 거구마잉, 크크크.

아줌마는 계속 웃는다.

이 양	처음엔 기름종이, 가죽, 물고기 방광, 거북이 껍질 같은 걸로 만들었었데요. 성병 때문에도 만들었겠지만 그만큼 아기 낳는 게 두려운 것도 있었겠죠?
고 씨	그만해! 그렇게 좋으면 콘돔 공장에 취직하지, 왜 컴퓨터 공장에 취직을 했어?
이 양	엄마 아빠가 원망스러워요. 그렇게 많은데, 세상에 그렇게 콘돔이 많은데, 왜 그걸 안 쓰고, 날 낳았을까요?

아줌마의 웃음소리 멈춘다.

32

이 양 전 절대로 아기는 안 낳을 거예요. 그래서 콘돔을 모으는 이유도 있고. 다른 사람들도 안 낳았으면 좋겠어요. 살 수 있을 만큼 콘돔을 사서 다 나눠주고 싶어요.

아줌마 그거시 뭔 소리당가? 난 다섯이나 배불러서 낳아부렀는디.

이 양 우리 집안엔 역사가 없어요. 유산도 없고, 유물도 없고. 이전에도 그 이전에도, 모두 그렇고 그렇게 살다 갔어요. 같은 일을 삼십 년 사십 년 하다가. 고씨 아저씨말처럼 조용한 존재들이었죠. 기계처럼. 누구로도 대체가능한. 있었는지도 모르는.

이양이 피식 웃는다.

고 씨 정신 차려. 할아버지 많이 아프셔?

이 양 할아버지도 방사능 때문에 암에 걸린 거예요. 전 언젠가 이 일이 절 잡아먹을 걸 알아요. 할아버지처럼 저도 잡아먹겠죠. 그래서 이런 인생을 제 뒤로 전달하고 싶지 않아요.

고 씨 결혼을 안 해서 그래. 가정을 가지면 또 달라. 무서워도 살아져. 그 안에 재미라는 게 생겨. 안 그래요? 아줌마. 서방이고 애들이고 지긋지긋해도, 같이 있으면 재미지는 맛도 있잖아요.

아줌마 우리 집 양반은 지긋지긋 할랑말랑할 참에 가버렸당게.

고 씨 아, 내 정신 좀 봐. 미안하우. 우리 공장 다섯 번째 자살자랬지?

아줌마	그라지라 잉. 아그들도 다섯이나 놓고. 생각해봉께 그 양반 성도 오씨였네. 호호호. 여그가 그 양반이 고생하던 라인이었어라.
이 양	(깜짝 놀란다) 그럼 여기 오씨 아저씨가….
아줌마	그랬당께. 나도 처음 여기 올 때 무서웠당께. 아가씨 말따라 이 기계가 우리 양반 죽여부렀을까, 이 공장이 우리 양반 죽여부렀을까. 나도 그 양반 따라가려는 맘 묵게 되면 어쩔랑가. 근디도 여기 아니면 입에 풀칠할 데가 없응께, 받아줄 때 여기서라도 일을 해야지, 으짜겠는가.
이 양	항상 웃으시니까 전혀 몰랐는데.
아줌마	한동안 을마나 울면서 지냈는지 모른당께. 원망은 또 을마나 하고. 으째 그랬을까? 나도 있고 아그들도 다섯이나 있는디. 인자 기어 다니는 갓난이도 있는디. 으째 그랬을까요? 참말로 그 속을 모르겠어라. 그 양반이 지 혼자 생 목숨 끊은 것보다 그 양반 속을 몰랐었다는 게, 을마나 맘이 안 좋은지, 징하게 오래 가대요. 근디 은제는 아그들이 지애비를 원망합디다. 뭔 소린가 하고 정신이 퍼뜩 듭디다. 우리집 그 양반은 집에 오고 싶어도 오지도 못하고 개처럼 돈만 벌었는디. 인자는 죽어서도 지 새끼들한테 원망만 듣고 있고, 이게 가당키나 한단 말이오? 그거 땜시 훌훌 털고 일어났지라. 아그들이 힘들수록 부모 고생은 생각도 않고 원망만 하니께. 아그들 잘 키워야겠다, 맘을 독하게 묵었지라. 억지로 웃는 얼굴도 맹글고. 호호호. 그

래야 지 아그들도 웅웅께라.

고 씨 (이양에게) 들었지? 엄마 아빠 원망은 하지 마. 가진 게 없었
어도 그게 최선이었을 거야. 널 위해 최선을 다했을 거야.
안 그래?

이양, 꼭 다문 입 밖으로 낮은 한숨이 새어나온다.
아줌마가 문득 침묵으로 일관하고 있는 소군을 깨닫고.

아줌마 총각, 몸이 으디가 안 좋은가?

소군은 말이 없다.
조용.
물건이 넘어갈 때마다 들리는 기계음만 도드라짐.
'통과, 통과, 통과, 통과…'

아줌마 매니저님한테 말해주까? 성가신 일 있으면 도와주신다고
했는디.

소군은 여전히 말이 없다.

이 양 잠깐 의무실 갔다 와. 내가 네 라인도 해줄게.
아줌마 으째 그라요? 뭔 일 있소?
이 양 그만 잊어.

고 씨	누굴?
이 양	마흔두 번째 자살했던 여자애, 쟤가 좋아했던 애였어요.
고 씨	3층 장양?
이 양	걘 스물일곱 번째 자살자고. 마흔두 번째는 5층 장양이었어요.
고 씨	그래? 5층 아이는 너무 어리지 않았어? 스무 살인가….
이 양	열아홉 살.

셋 모두 입을 다문다.
잠시 침묵.

아줌마	으째 그랬다요?
이 양	글쎄요. (사이) 솔직히 저도 간혹 고비가 와요… 물건 마감할 때 하루 열 네 시간씩 일하면… 일하고 녹초 되고 일하고 녹초 되고, 참고 참고 참다 폭발하고 싶은 충동이… 내가 기계인지 사람인지, 내가 살아있는지 죽어있는지, 전혀 자각도 되지 않고. 이건 언제 끝날까? 죽으면, 적어도 죽으면 끝나지 않을까? 싶어서….
소 군	그, 그만, 그만! 그만해! 이양아, 나, 간다.
이 양	그래, 빨리 갔다 와.

소군이 나간다.

아줌마　　우리집 양반도 그런 맘이었을까?

아줌마가 하던 일을 놓치고 멈칫한다.

고 씨　　아줌마!!!

고씨가 아줌마 자리로 가서 그녀가 놓친 과정을 제어해준다.

아줌마　　옴메, 내 정신 좀 보게. 아따 참말로 고맙소잉.

고씨는 한마디 하려다 아줌마가 어떤 생각을 했을 줄 알기에 입을
다문다.
잠시, 모두 말이 없다.
그래서 공장 기계음만 다시 두드러진다.
물건이 넘어갈 때마다 들리는 소리.
'통과'
'통과'
'통과'
'통과'
…

아줌마　　서방이라는 게 뭘까요잉? 일은 생똥바지게 하는디, 돈은
눈꼽찌래기만큼만 가져오는 사람? 고생은 고생대로 징하

게 항께 뭐라고 따지지도 못하게 만드는 사람? 호호호. 같이 살 때, 서방이란 그런 것인갑다 생각했지라. 근디 그 양반 가고봉께, 서방이라는 게, 일만 생똥빠지게 하고 마음은 을마나 외로운 사람일까 싶당께. 을마나 외롭고 복장이 터졌으면 댕겨온다는 말도 없이 갔을까라?

잠시 침묵.

아줌마　시방도 그 양반이 을마나 마음 고생했을까 상상이 안 된당께라. 호호호. 나가 여그서 일하면, 그 양반 자리에 있으면, 그 양반 마음이 저승에서라도 풀리지 않겠소? 이것이 나가 할 수 있는 일의 전부인 것 같소. 헤헤헤.

고　씨　그만 생각해. 생각이란 게, 해도, 해도 끝이 없어. 끊어내야지.

이　양　많이 극복하셨네요. 소군은 아직 힘들어 하던데.

아줌마　극복이 머다요. 잊을만하믄 뜬금없이 속이 문드러지고, 뜬금없이 그 양반이 보고 싶은디. 그것이 극복이 된다요?

고　씨　소군은 원래 축축 쳐져있었어. 시든 화분처럼. 안 그래? 젊은 사람이… 쯧쯧쯧.

이때, 갑자기 팀장이 다급한 표정으로 들어온다.

팀　장　잠깐! 모든 작업 정지!!!

모두 의아한 듯, 그녀를 쳐다본다.

팀 장   작업 정지하라고요. 작업 정지!!!

고씨가 작업을 정지한다. 이양이 자신의 라인과 소군 라인, 그리고 아줌마 라인을 차례로 정지시켜준다. 하지만 고씨는 라인이 정지된 상태인데도 관성의 법칙처럼 계속 같은 손놀림을 하고 있다.

팀 장   모두 나오세요. 빨리요!

고 씨   왜요?

팀 장   지금 소군이 옥상에 올라가서 자살을 시도하고 있어요. 여러분들 모두 같은 조니까, 그를 설득시키는 데 협조해 주세요.

이양이 바로 뛰어나간다. 고씨, 아줌마도 따라 나가고 이어 팀장도 나간다.

그들은 무대 주변에 뿔뿔이 흩어져 선다.

황급하게 주임과 매니저가 들어온다. 주임은 확성기를 들고 들어온다.

모두 무대 위 천장을 쳐다본다. (그곳에 실제로 소군이 서 있어도 되고, 서 있지 않아도 상관없다)

매니저는 셔츠를 벗어 제치고, 근육을 선보인다.

매니저	(위를 보고 소리를 지른다) 쐬아와, 쐬아와.
팀 장	내려와요! 내려오세요! 이건 분명 오늘 선언하신 내용에 위배됩니다.

김사장이 씩씩 거리며 들어온다.
김사장이 팀장, 주임, 매니저를 보자 호통을 친다.

김사장	지금이 어떤 시국인데. 자살도 때가 있는 거지. 강조했지요? 인제, 시찰단이 온다고. 우리 회사 평가받는다고. 신제품 출시도 코앞인데, 제기랄! 이게 뭐하는 짓이요? 도대체 자살이 애들 불장난도 아니고. 당신들 월급 받고 하는 게 뭐요? 사람들 죽는 거 구경하라고 월급을 따박따박 주는 줄 아시오?
팀 장	죄송합니다.
매니저	(위를 향해 더 큰 목소리와 더 큰 몸짓으로) 쐬아와, 쐬아와.
김사장	홍수 났소? 시끄러워요!
주 임	(손가락으로 위를 가리키며) 김사장님, 우선 저 사람부터 살려야 될 것 같은데요.

주임이 확성기를 김사장에게 준다. 그때야 김사장이 시급함을 깨닫고.

김사장	누구요?

주 임   F구역 P라인 5조 소군. 스물두 살 청년입니다.

김사장   (확성기에 대고) 소군, 소군, 들려요? 내 말 들려요? 나 김사
장이오!

소군이 뒤로 물러났는지 안 보인다.

김사장   내려오세요! 당장! (한숨을 크게 쉬고 마음을 추스른 후) 불만이
있으면, 그러니까 인제, 허심탄회하게 대화로 풉시다.
인간사가 대화로 해결 안 되는 일이 어디 있소? 인제, 나
랑 침 섞고 말 섞고, 남자답게 풉시다. 상여금도 지급할 용
의가 있소.

매니저   제가 저곳에 올라가 보겠습니다.

김사장이 눈짓으로 올라가라는 제스처를 해 보인다. 매니저가 천
천히 뒷걸음쳐 나간다. 주임도 뭔가 생각이 났는지 그를 따라 나
간다.

김사장   거기 13층이요. 인제, 떨어지면 그대로 가요. 인제, 남아있
는 가족을 생각해야지요. 얼마나 슬퍼하시겠소.

소군의 모습이 다시 드러난다. 김사장이 다급해진다.

김사장   누구, 빨리 설득 좀 해봐요. 빨리!

이양이 나서자, 김사장이 이양에게 확성기를 준다.

이 양　　(확성기에 대고) 너 이러면 안 되지. 장양도 갔는데 너도 가
　　　　　면, 나는 뭐, 나는 뭐 희망이 있어서 이렇게 사는 줄 아…
　　　　　(소군이 앞으로 더 나온 걸 보고 소리를 지른다) 야야야아아아! 그러
　　　　　지 마….

팀 장　　(이양에게서 확성기를 빼앗고) 앞으로 더 나왔잖아요! (확성기에
　　　　　대고) 소군, 뒤로 물러나세요. 위험합니다.

고 씨　　제가 말해보겠습니다.

팀장이 고씨에게 확성기를 준다.

고 씨　　저 친구가 공장에 불만이 많았어요.

김사장　　인제 다 들어준다고 해요. 그러니까 인제, 뭐든지 다.

고 씨　　아무 말로나 설득해도 되죠?

김사장이 고개를 끄덕인다.

주임은 큰 네트 꾸러미를 끌고 들어온다. 그는 아줌마와 이양을
불러 설명을 한 후, 함께 무대 구석구석에 네트를 치기 시작한다.

고 씨　　(확성기에 대고) 내려와. 지금 내려오면 근무시간을 단축시
　　　　　켜주신대. 열 두 시간에서 여덟 시간으로.

김사장　　(놀란 눈으로 고씨를 쳐다본다) 됐고! 그게, 말이 돼요? 요즘 얼

마나 바쁜데. 인제 밤새워도 신제품 출시를 제때 맞추기 힘든데.

고 씨　(확성기를 내리며) 그냥 뛰어내리게 놔둘까요?

김사장　(손을 저으며) 아니요, 아니요.

고 씨　(확성기에 대고) 넌 강제야근도 없고, 주말 근무도 없대.

김사장이 헛기침을 한다.

고 씨　점심시간도 늘려주신대. 삼십 분에서 한 시간으로. 안 그래요? 김사장님.

고씨가 김사장에게 잠깐 확성기를 들이댄다. 김사장이 머뭇댄다.

고 씨　(손으로 확성기를 가리고) 위급한 상황입니다.

김사장　(바로 확성기에 대고) 네, 그, 그럼요. 인제 뭐든지 원하면… 그러니까 인제, 대화로 해결 안 되는 사안은 없어요. 일단 이마를 맞대고.

동요하는 소군, 발을 뒤로 뺀다.

고 씨　소군이 약간 동요하는 거 같은데요. 보세요. 발을 뒤로 뺐어요.

김사장　(고씨에게) 더 해보시오. 더!

고씨가 확성기를 다시 옮겨와서.

고 씨 근무시간에 화장실 가는 횟수 체크도 안하고. 근무시간에 존다고 벌점 주지도 않고. 수다 떤다고 경고 주지도 않고. 그리고, 밀가루 음식 먹으면 졸려서 생산력 떨어진다고 금지시켰잖아. 그것도 풀어주신대. 네가 좋아하는 짜장면도 먹을 수 있어. 너 툭하면 짜장면 먹고 싶다고 노래를 했잖아. 내려와서 소주도 한 잔 하고. 오늘 김사장님이 전 직원에게 짜장면 쏘신대.

김사장이 한마디 할 뻔했으나 팀장이 재치 있게 막아선다. 팀장이 고씨에게서 확성기를 빼앗는다.

고 씨 조금만 더 하면, 내려올 거 같은데….
팀 장 (확성기에 대고 짜증난 목소리로) 소군. 내려오세요. 벌써 너무 많은 시간을 끄셨어요. 회사에서도 이미 손해를 많이 봤고요. 이제 그만 일하러 가야 합니다. 그 정도면 많이 들어주셨으니, 올라간 목적은 성취됐잖아요. 서약서 120페이지에서 138페이지까지, 투신자살했을 경우에 관해 자세히….

소군은 옥상 끝에 더 가까이 선다.
모두 긴장한다.

고 씨   팀장님, 그만! 그만하세요! 앞으로 나왔어요.

네트를 치던 이양과 아줌마도 위를 바라본다.

이 양   안 돼! 뒤로 가!

고 씨   어떻게요?

팀 장   위험해요!

아줌마   아따, 그러지 마랑께.

아줌마가 눈을 감고 귀를 막고 발을 구른다. 그녀는 남편의 트라우마가 밀려오는지, 신들린 사람처럼 끝도 없이 읊조린다. 그러다 가슴을 쥐어뜯으며 통곡을 한다.

아줌마   지발 그러지마랑께. 그러지 마소, 참말로! 여보! 우리는 으짜라고 그라요? 환장하겠네. 우리 아그들은 또 으짜라고? 그러믄 안 된당께라. 큰일난당께라. 지발 내려와요. 지발⋯ (어느새 닭똥 같은 눈물이 떨어진다) 그러지마랑께, 여보, 차라리 나를 죽이고 가랑께. 그라지 마소. 지발⋯.

팀 장   (아줌마를 밀쳐 넘어뜨리며) 조용히 해요!!!

아줌마는 주저앉아서도 소리를 지른다.

아줌마   지발 그러지 마소. 이양반아. 아이고 이양반아⋯.

이양과 고씨는 아줌마를 달랜다.

화가 난 김사장, 팀장에게서 확성기를 뺏는다.

김사장   야! 너 이 새끼, 무슨 개수작이야? 죽으면 죽는다! 인제, 떨어지기만 해봐. 너, 내가 가만있을 줄 알….

갑자기 소군이 뛰어내린다.

지켜보던 사람들의 합창 같은 비명 소리.

비명 소리에 놀란 조명, 급히 달아난다.

어둠 속 울려 퍼지는 아줌마의 외침.

'여보!!!!!!'

여운 싹둑 잘리고.

불안한 정적.

3장

무대가 밝아지면 공장 안은 여전히 커튼이 쳐져 있다.

네트는 무대 구석구석 완성된 형태로 쳐져있다.

김사장은 흡족한 표정으로 돌아다니며 주먹으로 네트를 튕겨 신축성에 감탄한다. 주임은 여러 장의 사진을 든 채, 김사장 바로 옆을 졸졸 따라다닌다. 그는 꽤 의기양양한 태도다.

김사장　다행이오, 인제 정말 다행이오. 우리 주임님 없었으면 소군이 떨어졌을 때, 그대로 갔을 거 아니오. 그럼 인제 자살률이 오르고, 다른 공장에 소문이 나고, 시찰에서 회장단 평가에 낮은 점수를 받고, 어~휴, 생각만 해도 끔찍하오! 끔찍해! 역시 연륜이 있는 사람은 다르오.

주　임　헤헤, 이 네트는 남회귀선이 지나가는 아프리카 남부 해안의 나미더바힘바족에서 온 거예요. (사진을 보여주며) 네트를 사용하는 부족입니다. (다른 사진을 보여주며) 이렇게 생선을 잡을 때 쓰는 거죠. (옥상을 가리키며) 저기서 열댓 명이 한꺼번에 떨어져도 문제없습니다. 매듭이 짱짱하니까.

김사장　그래요? 하하하. (사진을 보며) 그러니까 인제, 이 네트는 생선뿐만 아니라 사람도 잡는군요. 하하하.

　　　　　　김사장이 주임의 손을 잡고 등을 토닥여준다. 주임은 더욱 고무된다.

주　임　이제부터 투신자살은 꿈도 못 꿀 거예요. 어떤 사람들에겐 섭섭한 일일테지만.

김사장　이번 일을 계기로 우리 주임님을 특진시키려는데.

주　임　(화색이 돌며) 예?

김사장　자살방지위원회 위원장을 맡아주시오.

주　임　감사합니다.

김사장　인제 난, 주임님만 믿으오.

주 임 상어 이빨로도 못 끊는 이 네트를 뚫고 떨어진다면 그건 기적이죠.

김사장 (둘러보며) 양식장 같네. 사람 잡는 양식장. 그렇지 않소? 하하하.

김사장이 크게 웃자 주임도 따라 웃는다.
매니저가 원숭이를 데리고 들어온다. 원숭이는 목에 망원경을 걸고 커다란 잠자리채를 어깨에 두른 채, 자전거를 타고 있다.

김사장 그건 뭔가? 설마 원숭이인가?

원숭이가 마치 말귀라도 알아들은 양, 고개를 끄덕인다.

매니저 김사장님, 이 원숭이 한 마리면 모든 걱정은 끝입니다.

김사장 됐소! 그것도 벽시계 옆에 걸어놓을 생각이오? 생명력이 팍팍 느껴지도록?

매니저 낄낄낄, 멋진 농담이셨습니다. 이 원숭이는 특수 훈련된 원숭이입니다. (원숭이에게) 순찰!

원숭이가 자전거를 타고 무대를 한 바퀴 돈다.

매니저 저렇게 하루 종일 자전거로 공장을 돌아다닙니다.

주 임 정신 사납겠다. 정신 산란해서 작업량 팍팍 떨어지겠네.

매니저   망원경으로 이곳저곳을 살핍니다.

원숭이가 실제로 망원경으로 이곳저곳을 살핀다.

매니저   그러다 혹시 누군가 저 위에서 떨어질 기미가 보이면 팔을 뻗어 바로 낚아챕니다.

주 임   (콧방귀를 뀌며) 그게 가능해요? 원숭이 팔이 얼마나 길다고?

거짓말처럼 그때, 위에서 무언가 떨어진다.
순간, 원숭이가 잽싸게 커다란 잠자리채를 뻗어 낚아챈다.

김사장   저게 뭐요?

원숭이가 낚아챈 건, 우유곽이다. 원숭이는 우유곽을 기울여 마시려 하지만 입속으로 몇 방울 떨어지지 않는다. 원숭이가 매니저에게 빈 우유곽을 던진다.

매니저   우유곽입니다. 창밖으로 떨어진 거 같습니다.

김사장   그러니까 근무 시간에 누가 그런 걸 창밖으로 던지는 거요?

매니저   원숭이가 범인을 알아낼 수 있습니다.

원숭이가 망원경으로 건물을 살핀다. 점핑을 하며 숫자를 센다. 정확히 6번. '끼기기 긱' 소리를 내며 손가락으로 6층 창문을 가리킨

다. 매니저가 원숭이에게 다가가 손가락 끝을 본 후, 김사장에게
돌아온다. 원숭이는 다시 자전거를 타고 이곳저곳을 살핀다.

매니저　6층입니다. I구열 21번 창문.

김사장　신통하오.

매니저　그렇습니다. 이 원숭이는 무언가 떨어지는 것을 낚아채는
데 특수 훈련을 받았습니다. 모든 걸 낚아챈다고 합니다.
사람이든 물건이든. 요즘 난리가 났습니다. 저 원숭이가
시판되자마자 모든 공장에서 서로 구입하려고. (목소리를 죽
여) 요전에 일 터진 베타공장 아시죠?

원숭이가 갑자기 흥분한다. 매니저가 주머니에서 바나나를 꺼내
원숭이에게 던진다. 원숭이가 바나나를 받아먹는다.

매니저　거긴 다섯 마리를 선주문해서 받았답니다. 동물원인지 공
장인지 모를 정도로 원숭이들이 뛰어다닌답니다.

주 임　정신 사나워요. 일에 집중할 수가….

매니저　(말을 자르며) 주임님! 쉿! 당신이 더 정신 사납습니다. 왜 이
렇게 조잘대십니까?

주 임　뭐, 뭐, 뭐라고요?

매니저　원숭이가 조잘대는 거 보셨습니까? 주임님은 계속 조잘대
지만.

이때 들리는 원숭이의 '끼기기 긱, 끼기기 긱' 소리. 주임이 웃는다.

김사장   하하하. 됐소! 그만들 하시오. 다 회사를 위해 그러는 거
아니오.

매니저   구매하실 겁니까? 몇 마리나 살까요?

김사장   베타 공장이 다섯 마리 샀으니, 우린 여섯 마리 사지요.

매니저   예, 알겠습니다. (원숭이에게) 순찰!

원숭이가 자전거를 무대 한쪽에 세워놓고 망원경으로 구석구석을
살피며 공장 안으로 들어간다.
매니저가 목례를 하고 나간다.
팀장이 뛰어 들어온다.

김사장   인제 됐소. 네트랑 원숭이면 충분하오.

팀 장   사장님! 큰일 났어요.

김사장   왜? 설마, 또?

팀 장   (고개를 끄덕이며) 아줌마가 목을 매달았어요.

김사장   미, 미친. 그러니까 인제… 죽었소?

팀 장   다행히 고씨가 빨리 발견해서 응급실로 보내긴 했는데.

김사장   보내긴 했는데?

팀 장   아직은….

주 임   걱정 마세요. 사람 목숨이라는 게 그렇게 쉽게 끊어지진
않아요. 그 여자, 공장 온 지 얼마 되지도 않았는데.

김사장 인제 이 사람들이 재미 붙였군. 자꾸 왜 그런대요?

팀 장 아줌마 남편이 우리 공장에서 일했던 F구역 P라인 5조 오씨였습니다. 오씨는 소군이 자살소동을 벌였던 바로 그곳에서 떨어져 자살했고요. 이번 장면을 목격하면서 남편 트라우마가 드러난 거 같습니다.

주 임 그날도 '여보'라고 소리, 소리 지르며 정신줄 놓더만.

팀 장 트라우마라는 게 정신적인 충격 때문에 사고 당시와 비슷한 상황이 되면 극도로 불안해지게 만드니까요. 충격적인 체험에 의한 쇼크는 뇌 속에 영속적인 생화학적인 변화를 가져오니까 그 후유증도 강력하고….

김사장 됐고! 도대체 그런 사람을 왜 뽑았소?

주 임 제가 뽑지 않았는데요. 인사는 팀장님 담당이라.

팀 장 죽은 남편에 대한 산업재해 소송이 길어져서, 그걸 취하하는 조건으로.

김사장 됐고! 빨리 응급실 가서 상태나 알아보시오.

팀 장 네.

팀장이 목례를 하고 나가는데 김사장이 뒤통수에 대고 말한다.

김사장 팀장님, 무슨 일 생기면 다 팀장님 책임이오. 그 사람 채용한 건 팀장님이니. 그러니까 인제… 내가 가만있을 수 없다는 뜻이오.

팀장이 주먹을 쥐고 나간다.

김사장   (혀를 차며) 부부가 닮는다더니, 그런 것도 닮나? 도대체 집
                놔두고 왜 공장에서 자살 시도를 합니까? 여기가 놀이공
                원도 아니고. 떨어지고 매달고 쌩쇼를 해대니. 쯧쯧쯧.

주 임   그러게 말입니다.

이번엔 이양이 뛰어 들어온다.

이 양   (숨을 몰아쉬며) 크, 큰일 났어요.

김사장   (주먹으로 책상을 치고) 그놈의 큰일은. 도대체 왜 이리 자주
                일어나오? (벌떡 일어나 양팔로 허리를 잡고) 그래, 이번엔 또
                어떤 놈이요, 어떤 놈이….

이 양   고씨 아저씨 손가락이, 손가락이 잘렸어요. 기계에 그만.
                피가 나요. 피가 많이, 많이 나요. 아주 많이. (울먹인다) 어
                떡해요?

김사장과 주임이 얼굴을 마주보고 안도의 한숨을 크게 내쉰다.

김사장   (다시 앉으며) 난 또 뭐라고. 휴~

김사장·주임   다행이다!

이 양   다행이라뇨?

김사장   왜 그리 호들갑이요? 난 또 누가 목매단 줄 알았잖소.

주 임   의무실로 보내요.

이 양   의무실에 갈 일이 아니에요. 빨리 가주세요. 왼쪽 손, 손가
       락이 완전히 잘렸어요. 다섯 개가 다. 다섯 개가 다 잘렸다
       고요.

       김사장은 앉아서 태연하게 다리를 탁자 위에 올려놓는다.

김사장   병원으로 데려가요. 산재로 처리하면 되지 않소. 주임님,
       인제 조용히 처리하시오.

주 임   예.

       주임이 이양을 데리고 나가려한다.

이 양   (주임에게) 아줌마는 괜찮아요? 어떻게 되셨어요?

       김사장이 다리를 내리고, 버럭 화를 낸다.

김사장   안 괜찮으면? 안 괜찮길 바라는 거요, 인제?

이 양   아, 아니요. 괜찮다면 다행이고. 고씨 아저씨가 아줌마 빨
       리 발견하셔서 응급실에 보내긴 했는데. 발견했을 때 아
       줌마 얼굴이 귀신처럼 하얬대요. 이 세상사람 같지 않았
       다고. 고씨 아저씨가 아줌마 허연 얼굴이 잊히지 않는다
       며 일에 집중을 못하셨어요. 그래서 라인을 놓치셨는데…

정말 순간이었어요. 피가 다 튀고. 기계가 피로 얼룩지고. 제가 이렇게 손가락을 가져오긴 했는데….

이양이 손가락이 담긴 콘돔들을 내민다. 다양한 콘돔 속에 잘린 손가락이 담겨있다.
주임이 기겁을 해 소리를 지르며 김사장 뒤로 숨는다.

김사장   (콘돔 하나를 가져다 보면서) 이거 콘돔 아니요?
이 양   안에 손가락이 들어있어요.

김사장이 놀라 바로 던진다. 이양이 떨어진 콘돔을 줍는다.

이 양   전에 함씨 아저씨도 손가락이 잘렸는데, 손가락을 안 주워놔서 못 붙였다고 했어요. 그 일이 생각나서 제가 얼른 주워 여기 넣어놨어요.
            이양이 김사장에게 다시 내민다. 김사장은 뒤로 몸을 빼다 거의 의자에서 미끄러져 뒤로 나자빠진다.

주 임   사장님, 괜찮으세요?

놀란 주임이 손수건을 꺼내 김사장의 이마를 닦아준다.

김사장   인제 치우라고요!

주 임   (손을 내리며) 아, 예. 죄, 죄송해요.

김사장   저거, 저 여자 치우라고!

주 임   (이양을 똑바로 쳐다보지 못하고) 그거 당장 갖고 나가요.

이 양   같이 가주셔야죠. 고씨 아저씨 손가락이 잘렸는데.

김사장이 일어나 뒤돌아선다. 놀란 가슴을 쓸어내리고 옷매무새를 다듬는다. 알약을 하나 꺼내 먹고 물을 마신다. 버럭 화를 낸다.

김사장   도대체 양심들이 있는 거야? 없는 거야? 시찰 날짜에 신제품 출시에 잔뜩 긴장해 있으니까, 인제 인간들이 그걸 이용해먹어? 그 소군인가 뭔가 하는 새끼, 자살한다고 쇼하면서 근무조건 좀 봐주니까, 너도 나도 쇼하는 거지? 죽는다고 겁주면서 뭐 좀 더 얻어 보려고. 아무튼 잔머리 잘들 굴려. 영악한 인간들. 어휴! 주임님. 다 잘라! 인제 저 이상한 여자애도 자르고, 그 소군도 자르고.

이 양   사, 사장님.

김사장   (주임에게) 데리고 나가요.

주임이 손을 뻗어 이양을 밀어보나 그녀가 움직이지 않는다.

김사장   내 명이 하루에도 일이 년씩 단축되는 느낌이오. 인제, 심장도 남아나지 않겠소. (목을 이리저리 가누며) 사우나라도 가야지, 인제, 하도 깜짝깜짝 놀랬더니 온몸이 뻐근하네.

56

이 양   (눈물을 글썽이며) 사, 사장님, 그러시는 거 아니에요.

김사장이 눈을 감고 손을 절레절레 흔든다.

김사장   적반하장도 유분수지. 당신이나 그러는 거 아니오. 잘린
손가락은 왜 여기 가지고 와서 사람을 놀래켜? 점심시간
가까워오는데 비위 상하게. 그걸로 왜? 뭐 요구하려고?

이양은 계속 김사장을 쳐다보다 눈물을 훔치며 울부짖는다.

이 양   이거 붙여야 된다고요. 빨리 붙여야 된다고요.

이양이 손가락이 담긴 콘돔을 김사장과 주임 있는 곳에 가져간다.
조명도 놀란다. 바로 암전.
어둠 속. 김사장과 주임의 비명소리.
'아아아아아악!'
싸늘한 정적.

4장

조명이 밝아지면 무대 천장 위에 커다란 천을 엮어 공처럼 둥글게
만 긴 끈들이 매달려있다. 자세히 들여다보면 그 긴 끈에 달려있

는 것은 넥타이, 머플러, 벨트, 수건 등.

김사장과 팀장이 함께 있다. 김사장은 대화 중 간간히 팀장에게 성적 접근을 한다. 팀장은 줄곧 무감각한 표정에 사무적인 태도다.

김사장　십년감수했소. 그러니까 그, 아줌마를 처음 발견해서 끌어내린 게 고씨라 했소?

팀　장　예. 왼쪽 다섯 손가락이 다 잘린.

김사장　(팀장의 손가락에 자기 손가락을 붙여가며) 그러니까 인제… 손가락은 붙었소?

팀　장　아직. 손가락 붙이는 게 엄청난 수술이랍니다. 잘린 손가락의 뼈, 힘줄, 혈관, 신경, 피부 다 붙여야하니까.

김사장이 놀라며 바로 팀장에게서 떨어진다.

김사장　말만 들어도 소름이 돋는구료. 그러니까 아직도 수술중이요?

팀　장　예. 손가락을 8시간 안에 가져가서 다행히 붙일 순 있는데, 최소 3명 베테랑 의사가 붙어서 20시간 이상 매달려야 가능하다네요.

김사장　수술비도 엄청 들겠네.

팀　장　네. 아마도. (사이) 수술, 중단시킬까요?

김사장　시작을 말았어야지. 인제, 그게 설사 붙는다 해도 일을 다시 하긴 힘들겠네.

팀 장 아무래도 그렇죠.

김사장 그럼 수술 끝나는 대로 퇴직시켜요. 그래도 아줌마를 자살 못하게 했으니 그걸로 퉁치지.

팀 장 아줌마는 어떻게 할까요?

김사장 인제 골치 아픈 사람은 다 잘라요. 우리 회사에서 일하겠다고 줄을 섰는데, 인제, 뭐 사람이 없어요? 특별한 기술이 필요해요?

팀 장 예.

김사장은 다시 팀장에게 다가가 어깨를 마사지하듯 주물러준다.

김사장 하하하. 뭐 그리 심각해지오? (팀장의 손을 잡고 손등을 쓰다듬으며) 팀장님처럼 철저한 사람이 사람들을 왜 그리 뽑아놨소?

팀 장 실수 없도록 하겠습니다.

김사장 하하하. (그녀의 손을 주물럭댄다) 그 아줌마는 뭐에 매달렸대요?

팀 장 벨트. (손가락으로 위를 가리키며) 김사장님 저 위를 보세요.

김사장이 위를 쳐다본다.

김사장 뭐요?

팀 장 벨트, 넥타이, 머플러, 셔츠, 수건, 다 끈에 묶어 두었어요.

김사장 역시. (팀장의 머리를 가리키며) 반짝반짝한다니까.

김사장이 팀장의 엉덩이를 톡톡 때린다. 팀장은 미동도 없다.

팀 장 목매달고 싶어도 이젠 도구를 찾을 수가 없을 거예요. 찾다 지쳐 자살을 포기하게 되겠죠. 도구가 될만한 건 모두 묶어두었으니까. 단 두 개만 빼고.

김사장 두 개?

팀 장 네. 김사장님 넥타이랑 벨트.

김사장 하하하. (팀장의 콧등을 두드리며) 너무 도도하다했더니 고단수네.

김사장이 바로 넥타이를 풀어 팀장에게 준다. 그는 야릇한 눈빛을 보내며 셔츠 단추도 두어 개 푼다.

팀 장 (넥타이를 들고) 이것도 묶어 둘게요.

김사장 (벨트를 가리키며) 인제 이건 팀장이 풀어주오.

팀 장 성폭력범죄에 관한 특례법 10조에 의하면 업무, 고용으로 인하여 자기의 감독을 받는 사람에 대하여 추행한 사람은 2년 이하의 징역 또는 500만원 벌금에 처하게 되어 있어요.

김사장 그러니까 그게, 인제….

팀 장 그러니까 그게, 다른 사람들이 보면 오해를 살 수도 있다는 말이죠….

김사장 됐고!

김사장이 스스로 벨트를 풀어 빼어 든 순간, 바로 그 순간, 매니저가 들어온다. 매니저는 바지 속에 막대기를 넣었는지 엄청 긴 바지를 입고 있다. 그의 키는 다른 사람보다 훨씬 커져있다. 또한 그는 긴 지팡이를 짚고 그 지팡이에 의지해 걷고 있다.

매니저   김사장님, 김사장님.

김사장   깜짝이야.

김사장이 뒤로 주춤 물러난다. 김사장의 바지가 내려간다. 김사장이 바지를 잡아 다시 올려 잡는다.

김사장   뭐요? 당신?

매니저   매니접니다.

김사장   (올려다보며) 장난하오? 인제… 내려오시오.

매니저   다리에 막대기를 묶어놓아서 내려가기가 어렵습니다.

김사장   그렇게 할 일이 없소? 다리에 막대기를 왜 묶어요?

매니저   목매다는 사람을 잡아 내리려면 이렇게 높은 곳에서 감시해야 합니다. 낄낄낄.

팀 장   그렇게 회사를 돌아다니면 사람들이 놀라지 않을까요? 회사 어딘가에 원숭이도 돌아다니던 것 같던데….

무대 어디선가 원숭이 무리들의 소리 '끼기기 긱, 끼기기 긱'가 들린다.

매니저   (창문으로 공장 안을 들여다보는 제스처를 취하며) 그들이 무엇을 하는지 손바닥 보듯 볼 수 있습니다. 목매다는 일도 다신 없을 겁니다. 제가 손쉽게 끌어내릴 수 있을 테니.

김사장   조심하시오. 괜히 감시하다 넘어지지 않게.

매니저   알겠습니다. 김사장님. 걱정해주셔서 감사합니다.

매니저가 인사를 하는데 위태롭게 흔들린다. 매니저가 머쓱하게 웃으며 천천히 걸어 나간다. 이때 들어오는 주임, 매니저를 보고 기겁을 해, 주저앉는다.

주 임   지, 지금 지나간 게….

팀 장   매니저님이에요.

주 임   예? 무, 무슨 기린인 줄 알았네. 왜 저러고 다니는 겁니까?

팀 장   원래 매니저님 좀 이상하잖아요. 독특하다고 해야 하나?

주 임   이상하기만 하나. 지가 사육사 출신이었어? 툭하면 웃통 벗어젖히고 쏴아와, 쏴아와. 하긴 집에서 고양이를 여섯 마리나 키운다던데. 김사장님, 냄새가 나는데요.

김사장   뭐가요?

주 임   외로워서 그런 겁니다. 원래 외로운 사람들이 무엇에든 집착하니까. 위험군이에요.

김사장   늘 제일 신나 보이던데.

팀 장   바로 그 지점입니다. 원래 과잉된 행동은 늘 무시무시한 위험을 내포하고 있습니다. 자기 안전으로 위장한 비겁과

김사장	위약의 행동으로, 불안에서 도피하기 위한 몸부림인 거죠. 도대체 무슨 소린지.
주 임	몸에 지나치게 집착한다는 거예요. 퇴근 후에 운동 말고 는 하는 게 없대요. 요즘 밥도 잘 못 먹어요. (흉내 내며) 팔 근육이 너무 두꺼워서 손이 입까지 안 닿더라고요. 마마, 호환보다 더 무서운 게 운동 중독이라잖아요. 운동 못하 는 날은 손을 떨면서 초조해한다니까요. 마치 마약중독자 처럼. 우울증의 전형적인 증상이죠.
김사장	팀장님! 팀장님이 알아보오. 저러다 사고치지 않게.
팀 장	예.

팀장이 깍듯이 인사를 하고 나간다.

김사장	인제 안으로나 밖으로나 난리군. 왜 다들 못 죽어서 환장 하나?

의기양양해진 주임, 파일을 김사장에게 준다.

주 임	'페르세우스 W' 신제품 견본은 다 뽑았습니다.
김사장	어떻소?
주 임	예상은 했지만, 완벽합니다.

김사장이 문쪽을 한 번 쳐다보고 소리를 낮춰 말한다.

김사장 신제품을 계속 만들면서 막고는 있지만 인제, 그게 인제… 반품이 너무 많아요.

주 임 생산량이 많아서 그런 것 아닐까요?

김사장 물건에 하자가 많으니 그런 것 아니오.

주 임 지당하신 말씀입니다.

김사장 사람들이 일에 집중을 안 하고 딴 생각만 하니 그렇지요.

주 임 맞는 말씀입니다.

김사장 시찰과 신제품 출시를 마치면 실리콘 밸리 창설을 제안할 계획이오. 인제 노트북 세상은 끝났소. 인제 신개념의 아이북, 이어북을 인제 만들 계획이오.

주 임 아이북, 이어북이라면….

김사장 아이북은 안경처럼 눈에 걸 수 있는 컴퓨터요.

주 임 컴퓨터를 눈에 걸고 다닌다고요?

김사장 (미소를 지으며) 모니터를 두 개나 쓸 수 있겠지요.

주 임 그럼 이어북은 이어폰처럼 귀에 꽂는 컴퓨터?

김사장 그렇지. 마이크를 연결해서 입력사항을 말하면 컴퓨터가 찾아서 인제 귀에 얘기해주는 거지. 인제 손을 쓸 필요가 없소.

주 임 오! 마이! 갓! 김사장님! 전 정말 이 회사에서 근무하고 있다는 현실이 믿어지지 않습니다. 무한한 영광입니다.

김사장 주임님을 그곳의 총감독으로 추천할 생각이오.

주 임 예? 제, 제가요?

김사장이 미소를 지으며 고개를 끄덕인다.

주 임   감사합니다. 감사합니다. 미천한 저에게 그런 업무를.

김사장 인제 실리콘 밸리에선 사람들을 많이 쓰지 않을 생각이시 오. 모두 기계로 바꿀 생각이오.

주 임   모두 기계로? 그게 가능할까요?

김사장 가능하지 않으면 가능하게 하면 될 거 아니오. 그게 우리 회사 모토 아니었소?

주 임   맞는 말씀입니다.

김사장 최소한의 사람만 둘 예정이오. 사람을 쓰는 건 인제 지긋지 긋하오. 불만도 많고 돈도 많이 들고. 왜 사람들을 감시하는 데 이토록 애를 써야하오? 쓸데없이! 죽든 말든 왜 신경을 써야 하오? 적어도 기계는 자살은 안 할 거 아니오.

주 임   지당하신 말씀입니다.

팀장이 달려 들어온다.

팀 장   김사장님, 김사장님!

김사장 그렇게 호들갑떨며 부르지 마오. 인제 지겹소! 또, 뭐요?

팀 장   죄송합니다. 이양이, 이양이….

김사장 이양?

팀 장   잘린 손가락 가져왔던.

김사장 자르지 않았소?

팀 장　　통보를 했는데, 그 즉시….

김사장　　그 즉시 뭐요? 그 즉시 옥상에라도 올라갔소? 떨어지고 싶으면 떨어지라고 하시오. 원숭이가 낚아채겠지. 아님 네 트에 튕기든가.

팀 장　　아닙니다.

김사장　　아님, 뭐요? (천장에 매달린 끈들을 가리키며) 저렇게 죄다 묶어 놨으니 어디 매달 수도 없고.

팀 장　　자살했습니다.

김사장이 잠시 멈칫! 그는 뭔가 잘 못 들은 것 같다는 표정으로 팀 장을 쳐다본다.

김사장　　무, 무슨 소리요? 도대체 어떻게?

팀 장　　독약을 먹은 것 같아요.

김사장　　출근할 때 소지품 검사 안 했소?

팀장과 주임이 말이 없다.

김사장　　서, 설마, 주, 죽었소?

팀장이 대답이 없다.

김사장　　그래서 죽었냐고요?

팀 장   예.

김사장   (양손을 이마에 올리고 소리를 지른다) 아아아아~!

놀란 조명, 눈을 감는다.
암전.

5장

조명이 밝아지면 무대 한편에서 주임은 열심히 접시에 무언가를
붙이고 닦은 후, 쌓아놓고 있다.
반대쪽에 서 있는 김사장은 마음이 복잡하여 계속 왔다 갔다 한다.
팀장이 들어온다.

김사장   (다급하게) 죽은 거 확인했소?

팀장이 고개를 끄덕인다.

김사장   농약이요? 수면제요? 도대체 뭘 처먹은 거요?
팀 장   모르겠어요.
김사장   모르겠다니? 위세척을 했다면서. 뭐가 나왔을 거 아니오?
팀 장   그게, 그게 정확하지 않다는 거예요. 청산가리나 농약은
아닌 거 같다 하고. 의사들도 임상에서 자주 접하는 몇 가

지를 제외하면 그 종류와 증세, 치사량을 다 알고 있는 게
아니라서.

김사장 (또다시 화가 치민다) 인제 어쩌면 좋소? 어쩌면? 우리 회사가
자살률 최고 아니오? 베타공장보다 둘이나 많은 거지요?
거기는 입체컴퓨터도 들고 나온다는데.

팀 장 저휜 물에 강한 '페르세우스 W'가 있으니.

김사장 됐고! 신제품이고 뭐고, 인제 우린 끝장이오, 끝장! 회장님
이 가만 있겠소? 마흔 몇 번째라 했소, 인제?

팀 장 마흔네 번째입니다.

김사장 마흔네 번째, 어휴. 인제 아주 오십을 채우시오.

팀 장 김사장님.

김사장 됐고! 아직도 입이 붙어 있소?

팀 장 아무도 이양이 뭘 먹는 걸 보지 못했어요.

김사장 당연하지 않소. 뭐 차력 쇼도 아니고 사람 모아놓고 먹었
겠소?

팀 장 사실 뭘 먹었다는 것도, 그저 입에 거품을 물고 쓰러져서
추측한 것일 뿐이고.

김사장 그러니까, 뭐요?

팀 장 이건 우리에겐 행운일지도 모릅니다.

김사장 행운?

팀 장 (현저히 작아진 목소리로) 분명한 게 아무 것도 없다는 점에서.
하얀 도화지인 셈이죠. 우리가 그리기 나름이에요.

김사장이 멈칫, 귀 기울여 듣는다.

팀 장 희귀병으로 돌리면 어떨까요?

김사장 희귀병….

팀 장 공장 그만둔 사람들도 희귀병에 많이 걸려요. 제가 알아서 의사 소견서를 만들어 놓을게요.

김사장 그러니까 인제… 희귀병으로 죽었다고 한다는 거요?

팀장이 천천히 고개를 끄덕인다.

김사장 그게 가능하오?

팀 장 시신을 빨리 화장시키면 흔적도 남지 않을 거예요.

김사장 역시~ (미소를 지으며 팀장의 머리를 가리킨다) 반짝반짝한다니까. 가족은?

팀 장 알아보니 딱히 가족이 없어요. 어렸을 때 엄마 아빠가 이혼하고 각기 재혼을 해서 할아버지한테 길러졌대요. 할아버지도 암에 걸려서. 그쪽은 병원비를 많이 보태주면 조용할 거 같고.

김사장 (팀장에게 하이파이브를 하며) 행운, 맞네.

이때, 주임이 닦던 접시 중 하나를 놓쳐 깨지는 소리.

김사장 깜짝이야.

주 임   죄송합니다.

김사장   주임님! 지금 한가하게 접시나 닦을 상황이오? 도대체 정
신이 있는 거요, 없는 거요?

주 임   (접시를 하나 들고 달려와서) 김사장님, 이건 접시가 아니라 상
패입니다. 신제품 출시에 맞추어 직원들의 노고를 치하하
시면 사기를 진작시킬 수 있어요. 이 자살이라는 게요. 베
르테르 효과라고 감기처럼 금방 전염되거든요. 1명이 죽
으면 최소 6명이 충동을 느낀대요.

김사장   (버럭 화를 내며) 지금 누가 자살했소?

주 임   이양이 자살에 성공했으니…

김사장   이 사람이 인제 큰일 날 소리하네. 누가 그래요? 주임님이
봤소?

팀 장   이양은 희귀병으로 지병을 앓고 있었던 걸로 확인됐어요.

주 임   혹시 무슨 성병인가요?

김사장   뭐요?

주 임   콘돔을 엄청 들고 다니던데요. 그런데 성병으로 죽을 수
도 있나요?

김사장   희귀병이라잖아요. 희귀병! 저 깨진 접시나 치워요.

급 의기소침해진 주임, 깨진 접시를 치운다.

주 임   (중얼거리듯) 희귀병? 희귀병이 갑자기 생기나? 진짜 희귀
하네.

주임이 깨진 접시를 담아 나간다.

김사장 (혀를 차며) 도대체 눈치라고는. 눈치도 없고 융통성도 없고 나이만 많아 가지고. (미소를 지으며 팀장에게) 인제 팀장이 알아서 처리하시오.

팀 장 예. 그리고 사장님, 신제품 출시 때 이양 희생을 기념하는 심벌마크를 만드는 게 좋을 듯해요. 양심 있는 기업의 이미지도 가질 수 있고. 도금을 해서 백대 한정으로 출시해도 좋고. 요즘 사람들 한정판하면 서로 사려고 들거든요.

김사장이 팀장의 손을 잡는다.

김사장 팀장이 나에겐 행운이오. 악재를 호재로 만드는 재주라니.

팀 장 더 인간적인 기업으로 보이려면, 사찰 공식 절차를 진행하기 전에 이양에 대한 묵념을 넣는 거예요.

김사장 (팀장의 두 뺨을 사랑스럽게 만지며) 어찌 그리 영특하오. 팀장이 바로 실리콘 밸리의 적임자요.

팀 장 실리콘 밸리요?

김사장 아이북과 이어북을 실험해볼….

매니저가 들어온다. 어디서부터 뛰어왔는지, 꽤 숨차있다.

매니저 김사장님, 김사장님, 큰일, 큰일 났습니다.

김사장 어이구, 내 팔자야. 또 큰일이요?

매니저 (숨을 고르며) 이양이, 이양이 자살했습니다.

김사장이 발로 힘껏 책상을 찬다.

매니저 죄송합니다. 죄송합니다. 원숭이는 역부족이었습니다. 독수리라도 한 마리 갖다 놓았어야 했는데. 독수리가 시력이 5.0에 가시거리가 10km라 감시에는 최고라던데.

김사장 매니저님!

매니저 예! 독수리 알아볼까요? 델타공장에서는 독수리 네 마리를 사들여 목에 CCTV를 달고 공장 주변을 날게 하고 있대요.

김사장 이양은 자살하지 않았소!

매니저 설~마? 다시 살아났나요?

팀 장 아니요. 희귀병이 있었던 걸로 밝혀졌어요.

매니저가 다행이라는 듯, 크게 숨을 내쉬며 가슴을 쓸어내린다.

김사장 어디 가서 근거도 없이 떠들면, 인제 매니저님 퇴사 날이 잡히지 않을까 싶소.

매니저 제가 왜 근거 없이 떠들겠습니까? 그런데 무슨 병이었나요?

팀 장 무척 드문… 나르콜렙시, 모겔론스병, 호모시스틴요증, 뭐 그런 것 중 하나라고 했는데, 정확히는 기억이 나지 않는 군요.

김사장 됐소. 병 이름 알아서 뭐하오? 좋은 병도 아닌데.

매니저 그렇죠. 현대 의학이 아무리 발달해도 못 고치는 병이 많죠.

김사장 아무튼 내일 모레는 인제 신제품 출시에 회사 시찰이 있는 날이오. 제발 그때까지 아무 사고도 일어나지 않도록 각별히, 각~별히, 각별히 신경 써주시오.

매니저 김사장님, 그렇지 않아도 자살 방지 시스템에 더 철저한 보안이 필요하다고 생각됩니다.

김사장 필요한 건 뭐든지 다 설치하오. 며칠간 경비원을 더 두어도 상관없소.

매니저 경비원은 안 됩니다. 사람을 더 두시면 자살 예비군만 늘리는 셈입니다. 혹 떼려다 혹 붙이는 꼴이 되는 거죠.

김사장이 그럴듯하다고 느꼈는지 고개를 끄덕인다.

매니저 차라리 동물이 낫습니다. 동물은 불만도 없고 배신도 하지 않고 결정적으로 인건비도 들지 않잖습니까? 요즘 대부분의 회사는 원숭이 완비, 독수리 24시간 상시 대기가 기본입니다.

김사장 일단 둬 봐요. 지금 꽤 불안한 때니까 모든지 다 필요할 듯 싶소. 이번 평가에서 점수가 낮게 나오면 우리 회사 존폐 위기가 올 수도 있어요.

매니저   걱정 마십시오. 우선 독수리부터 알아보겠습니다.

매니저는 목례를 하고 나간다.

김사장   저 매니저는 계속 감시하고 있는 거요?

팀 장   아직 의심스런 징후는 발견되지 않고 있습니다.

김사장   인제… 빨리 가서 이양 시신 화장부터 하시오. 실리콘 밸리는 나중에 얘기하지.

팀 장   예.

김사장   장례도 깔끔하고 화려하게 치러주시오.

팀장이 목례를 하고 나간다.

이때, 전화벨이 울린다. 김사장이 받는다.

고씨, 소군, 아줌마가 들어왔으나 김사장은 그들이 들어온 걸 인식하지 못하고 계속 전화를 한다.

김사장   아~ 박사장? 델타공장 박사장? 무슨 소문? 인제 누가 그런 근거도 없는 소문을 퍼뜨려? 자살이라니? 인제 우린 43명에서 동결됐어. 아, 그 여공? 지병이 있었어. 그럼, 그럼. 시찰 준비는 다 끝나가나? 우린, 인제 뭐 거의. 근데 자네 공장에 혹시 독수리도 샀나? 그래? 주문했어? 효과 좋대? 아~ 그래? 신비의 실? 그건 뭔가? 입을 당겨서 귀에 걸게 하는 거야? 그러면 항상 웃는 모습으로 일하는 것처

럼 보인다구. 어이쿠! 그거 특허네. 나도 알아봐야겠네. 고
맙네. 우린 네트를 깔았어. 인제 절대 떨어져선 못 죽어.
네트? 내 알아봐줌세. 알았네. 들어가게.

김사장이 전화를 끊는다.

고씨·소군·아줌마   저어… 김사장님.

김사장이 깜짝 놀라 고개를 돌린다. 고씨, 소군, 아줌마는 무릎을
꿇고 간청한다.

고씨·소군·아줌마   저희 다시 일하게 해주세요. 제발, 제발, 부탁입
니다.

그들이 엎드린다.
조명도 함께 엎드린다.
암전.

6장

D-day 시찰단 방문일

무대 앞, 관객석 바로 앞에 커다란 커튼이 쳐져 있다.

커튼 가운데에는 꽃문양 안에 이양의 얼굴이 붙어있다. 마치 로마 산타마리아 성당에 있는 '진실의 입'과 같은 모습으로.

커튼 바로 옆에는 팀장이 서 있고 가운데엔 김사장이 서 있다. 김사장은 노트북을 하나 들고 있다. 그는 이따금 관객석 높은 곳 어딘가를 향해 바라보며 말한다. 그곳에는 실질적으로 윤회장이 있다. 윤회장이 일어나 인사를 하고 손을 흔든다. 관객들을 시찰단원들로 간주하는 것이 좋겠다.

팀 장 저희 신제품 '페르세우스 W' 설명을 자세히 해주신 김사장님께 다시 한 번 큰 박수 부탁드립니다.

우렁찬 박수 소리.

김사장이 관객들에게 인사를 한다.

조명이 현란하게 관객석을 훑다가 다시 김사장에게 집중한다.

김사장 (관객석 높은 곳을 향하며) 윤회장님께 박수를. 모두 그 분이 하신 일입니다.

다시 박수 소리.

김사장 감사합니다. 그러니까 인제… 이 자리를 빛내주신 주주님들, 각 나라에서 오신 바이어, 투자를 위해 오신 모든 분들, 그리고 평가를 위해 자리하신 시찰단원님 모두에게 감사의 말씀 올립니다. 곧 신제품과 함께 한 분, 한 분 찾아 뵐 것을 약속드립니다. 인제, 인류의 역사를, 인제, 저희 회사와 함께 다시 쓰게 될 겁니다.

팀장이 설명하는 동안, 뒷배경에 이양의 사진들이 보인다. 이양의 따뜻하고 행복한 미소들이 넘쳐난다.

팀 장 다음으로 이 신제품을 만들다가 지병으로 돌아가신 이양을 위한 묵념이 있겠습니다. 이양은 올해 스물세 살의 나이로 열일곱 살부터 칠 년 동안 저희 회사에서 일해 왔습니다. 희귀병으로 심장질환이 좋지 않아, 학업도 포기했으나 살아있는 동안 보람된 일을 하고 싶어, 저희 회사에서 근무하게 되었습니다. 누군가를 위해 컴퓨터를 만든다는 사실에 큰 긍지를 느꼈고, 누구보다 성실히 일했습니다. 그녀는 가고 없지만, 저희 마음속에 그리고 저희가 만든 컴퓨터 속에 그녀를 새겨놓고자 합니다. 이번 '페르세우스 W' 컴퓨터 백대 한정으로, (커튼에 붙어있는 그녀의 얼굴을 가리키며) 로고 옆에 그녀의 얼굴을 금박으로 새겨놓았습니다. 그럼, 일동 묵념.

사이렌 소리, 간단히 울렸다 멈춘다.

팀 장   바로! 드디어 저희 회사를 공개하는 순서가 되었네요. 뜻
깊은 회사 시찰이 되길 바랍니다.

시작을 알리는 트럼펫 소리.

트럼펫 소리, 꽤 근사하다.

드디어 커튼이 젖혀진다.

커튼이 젖혀지면 그동안 장에서 이루어진 소품들이 무대를 가득
채워 마치 서커스 같은 모습을 연출한다.

뒷배경은 동물들이 갇힌 우리의 창살들이 빼곡이 들어차있는 사
진이 도배되어 있다. 푸코의 파놉티콘이 연상되면 더 좋겠다.

회사의 로고가 새겨진 종이가 만국기처럼 천정에 매달려있고, 무
대 구석에는 네트가 깔려있으며 긴 끈이 위에서부터 내려와 있다.

원숭이가 자전거를 타고 돌아다닌다. 원숭이는 물건이 날아오면
긴 팔로 잘도 낚아챈다. 원숭이는 물건을 낚아챈 후, 박수를 유도
한다.

우렁찬 박수소리 들려온다.

고씨, 소군, 아줌마는 늘 그러하듯, 하얀 모자를 쓰고 하얀 가운을
입었다. 그리고 모두 코에 광대의 트레이드마크인 빨갛고 둥근 코
를 달았다. 그들은 컴퓨터 만드는 동작을 반복한다. 그들의 동작은
빠르고 절도 있다. 그들은 서커스하듯 한 발로 균형을 잡거나 점
프를 하거나 방해물을 피하면서도 절대 동작이 흐트러지는 법이
없다.

김사장은 벨트가 없어 자꾸 내려가는 바지를 우스꽝스럽게 치켜

올린다. 그는 쇼의 사회자처럼 마이크를 들고 소개를 한다.

김사장   '불가능을 가능하게 하라' 우리 회사의 모토입니다. '페르세우스 W'가 탄생한 바로 그 현장입니다.

아코디언 소리 들린다.
여기서부터 등장인물들의 행동은 상당히 리드미컬하고, 상당히 빠르게 진행된다.
매니저가 바지만 입고 나와 차력쇼 흉내를 낸다. 물을 마시고 물을 뿜는다.

매니저   우와~ 이 잔잔한 근육들. 힘을 주면 파도가 일지요. (힘을 주어 파도처럼 움직이는 근육의 모습을 보인다) 쏴아아, 쏴아아. (쇠붙이를 가져와 자신의 근육에 부딪치며 탄탄한 근육을 자랑한다) 절 그냥 액자에 담아 벽시계 옆에만 걸어놔도 자살하고 싶은 마음은 싹 사라지죠. 이 몸, 생동감 그 자체 아닙니까? (한 팔로 팔굽혀펴기를 하며) 살고 싶은 욕망을 팍팍 불어넣어줍니다.

주임과 팀장이 검색대로 쓰였던, 커다란 훌라후프를 가지고 와 양쪽에 들고 선다.
원숭이가 자전거를 타고 돌면서 가뿐히 훌라후프를 통과한다. 기계음 '통과' 소리.

소군이 훌라후프를 통과한다.

주 임   다크 서클이 판다수준이군. 무기력은 전염 가능성이 높아.

소군이 컴퓨터 만드는 절도 있는 동작으로 훌라후프를 넘나든다.
기계음 소리 '통과, 통과, 통과'
아줌마와 고씨도 뒤이어 컴퓨터 만드는 절도 있는 훌라후프를 통
과한다.
효과음 '통과, 통과, 통과, 통과'

팀 장   서약서입니다. 길지 않아요. 230페이지입니다. 자살했을
때, 파기되는 계약과 회사 피해액에 대해 자세히 나와 있
습니다.

소군, 고씨, 아줌마는 일렬로 서서 리드미컬하게 같은 동작을 반복
한다.

김사장   우리는 항상 즐겁고 행복하게 인류를 위해 일하고 있습
니다.

아코디언 소리 커지다 작아진다.

아줌마   고씨 아재, 어제 뭐했소?

고 씨　　그저께 했던 거.

아줌마　호호호. 그저께 뭐했는디요?

고 씨　　그그저께 했던 거.

아줌마　아따 긍께 그그저께는 뭐 했다고라?

고 씨　　허, 뭐 뻔한 걸 자꾸 묻나. 일하고 먹고 자고, 일하고 먹고
　　　　　　자고. 일주일 전이나 한 달 전이나.

아줌마　아따 긍께 생각해볼믄 지겨워서 으트게 사요?

고 씨　　뭐든지 지겨운 게 좋은 거야. 지겹다는 건 안정적이라는
　　　　　　거니까. 불안하면 지겨울 수가 없지. 직장에서 쫓겨나봐야
　　　　　　지겹다는 게 행복이었다는 걸 알지.

소군이 다소 높은 곳에 올라간다. 모두 소군에게 집중한다. 소군이
네트 위로 뛰어내린다. 원숭이가 달려온다. 소군 네트에서 튕긴다.
원숭이가 잽싸게 소군의 손을 잡는다. 원숭이가 박수를 유도한다.
박수 소리.

소 군　　아저씨, 이거 다 만들어지면 어떤 모양이에요? 컴퓨터인
　　　　　　건 아는데, 완성품을 본 적이 없어서. 매일 이 부분만 조립
　　　　　　하니. 어떤 모양이기에 사람들이 그렇게 사댈까요? 꽤 근
　　　　　　사한가 보죠?

매니저가 원숭이에게 우유 곽을 던진다. 저글링을 하듯 서로 주고
받는다. 원숭이가 우유 곽을 놓친다.

매니저 역시 원숭이는 역부족이었습니다. 독수리 목에 씨씨티비를 달아 감시하는 것이다 더 효과적이라고 봅니다.

매니저가 독수리 형체를 들고 자전거를 탄다. 원숭이도 매니저를 쫓아다니며 망원경으로 여기저기를 살펴본다.
주임은 엄청 크고 긴 야공 막대기를 가지고 접시를 돌린다.

주 임 통과! 통과! 통과! 야광 광선검! 내가 다스베이더다.

팀장이 긴 끈을 잡고 타잔처럼 무대를 훑고 반대쪽으로 간다.
착지자세를 한 후, 인사를 한다.

팀 장 목매달고 싶어도 이젠 도구를 찾을 수가 없을 거예요. 찾다 지쳐 자살을 포기하게 되겠죠. 도구가 될만한 건 모두 묶어두었으니까.

소군이 다시 네트에 뛰어내린다.

소 군 우리 집엔 역사가 없어요. 유산도 없고, 유물도 없고. 이전에도 그 이전에도, 모두 그렇고 그렇게 살다 갔어요.

김사장이 한 손엔 지팡이, 한 손에 마이크를 들고 무대 여기저기를 가리키며 이야기한다.

김사장　　저희 알파공장은 가족보다 더 끈끈한 관계를 유지하고 있
　　　　　　지요. 회사 분위기가 너무 좋다고 입소문이 퍼져, 올 입사
　　　　　　경쟁률도 최고치를 갱신했습니다. 하하하.

　　　　　　유쾌한 음악소리.
　　　　　　이들의 동작들은 짜임새 있게 진행된다.
　　　　　　그들은 음악 리듬에 맞춰 자신들이 맡은 서커스 같은 동작을 반
　　　　　　복한다. 배터리를 넣고 버튼만 누르면 무한 반복을 하는 장난감처
　　　　　　럼. 그들의 움직임은 매우 절도 있고 매우 정확하다. 그리고 매우
　　　　　　간단하다.

아줌마　　인제야댕께 그 양반 마음을 알 것 같기도 하고.

고 씨　　뭘 말이요?

아줌마　　왜 생목숨을 끊었는지.

소 군　　그것 말고는 탈출구가 없어요. 하지만 그 탈출구도 막혔
　　　　　　어요.

고 씨　　견뎌야 포기가 되지. 그래야 편안해져. 이 기계처럼 조용
　　　　　　해지고. 마음도 조용해지고 불만도 조용해지고 희망도 조
　　　　　　용해지고. 인생이 조용해지지.

　　　　　　김사장이 마이크를 내리고 작은 소리로 말한다.

김사장　　여러분, 이건 극비인데요. 새로운 사업에선 인제… 기계만

쓸 거요. 더 이상 사람은 어휴, 끔찍하오. 기계는 땀도 안 흘리고 피곤해하지도 않고 불만도 없고 자살도 안하고. 사람보다 백번 낫지 않소.

그들의 동작들은 빨라진다.
아줌마는 웃음이 터졌다.

아줌마   옴메, 이것이 긍게 서커스하는 것 같은디.
고 씨   서커스한다 생각해. 우린 힘들어도 누군가는 즐겁겠지.
소 군   쓸개를 짜주기 위해 갇혀있는 곰 같아요.
팀 장   요즘 세상에 일을 할 수 있다는 건, 감사한 일이지요.
주 임   우리 인생에 서커스 아닌 게 어디 있나? 인생이 서커스지.
매니저   (근육을 선보이며) 쏴아와, 쏴아와.

이때, 숨을 몰아쉬며 들어오는 윤회장 비서.

비 서   회장님! 회장님! 큰일 났습니다.

관객석에 있던 윤회장 황급히 내려온다.
경쾌한 음악소리 멎는다.

윤회장   또, 또야? 이번엔 또 무슨 큰일이야? 설마?
비 서   설마, 맞습니다. 델타공장 박사장이, 자살했습니다.

김사장	박사장? 델타공장 박사장이요? 며칠 전에 통화했는데.
윤회장	확실해?
비 서	예. 확인하고 왔습니다.
윤회장	어디야? 또 공장이야?
비 서	사무실에서. 이번 시찰 점수와 회장단 평가에서도 높은 점수를 못 받았고, 신제품에도 하자가 생겨 출시일이 연기되었답니다. 게다가 직원들이 보이콧을 거세게 하는 바람에. 그동안 우울증도 오랫동안 앓아왔다는데….
윤회장	(이마를 짚으며) 아니, 도대체 감시를 어떻게 한 거야? 자살방지시스템 가동은 제대로 한 거야? 씨씨티비랑 페이스북, 트위터, 개인 통화, 문자 체크에 이상 징후 감지 시스템, 그 비싼 거 사들여놓고 뭐 한 거야? 그 정도 스트레스가 한꺼번에 닥쳤으면 감지가 됐겠구먼.
비 서	죄송합니다. 회장님! 소나무기업에서는 모든 사장들 이마에 블랙박스를 다는 시스템을 도입했다는데, 굉장히 효과적이라고.
윤회장	소 잃고 외양간 고쳐 뭐 해? 내, 참.

윤회장이 담배를 문다. 김사장이 잽싸게 라이터를 켜 불을 붙여준다.

| 윤회장 | 이상 징후 감지 시스템, 다시 돌려봐. 더 큰일 나기 전에. 우리 기업 시찰도 코앞으로 다가왔는데. (담배 연기를 내뿜고) |

일단 조용히 처리해. 소문나지 않게.

비 서 예, 알겠습니다.

윤회장 (귓속말로) 될 수 있는 대로 빨리 시신을 화장하도록 유도 해. 부검은 하지 말고.

비서가 정중하게 인사를 하고 나간다.

윤회장 이놈의 사장들이 왜 툭하면 자살하는 거야. 직원들 자살 못하게 감시하라고 했더니 지가 자살해? 어휴~~ 양심도 없지. 도대체 집 놔두고 왜 공장에서 자살을 해? 여기가 자살공원이야. 떨어지고 매달고 쌩쇼를 해대니. 쯧쯧쯧.

윤회장이 담배를 비벼 끈다.
김사장이 음료수를 따서 가져다준다.

윤회장 김사장, 난 당신만 믿어. 당신 공장은 이 정도면 괜찮아. 반복과 감시의 조화. 감동적이었어.

김사장 감사합니다. 회장님.

윤회장 델타공장 박사장에 대해 뭐 들은 얘기 없나?

김사장 그 친구, 강박증으로 정신과 치료를 받고는 있었는데.

윤회장이 혀를 찬다.

윤회장　　박사장 얘기가 다른 기업에 들어가지 않게 조심하게.

　　　　　김사장이 검지를 입에 가져간다.

윤회장　　다른 사장들은 어때? 자살할 기미가 보이는 사장들 있어?
김사장　　베타사장이 신제품 개발에 실패해서 좀….
윤회장　　허, 거 참. 이 사람들이. 김사장! 오후에 사장들 다 내 방으
　　　　　로 소집시켜!
김사장　　예.

　　　　　윤회장이 나간다.
　　　　　유쾌한 음악 소리 다시 들려온다.
　　　　　음악 리듬에 맞춘 앞서의 그들 동작, 반복된다.
　　　　　서서히 암전.
　　　　　막.

한국 희곡 명작선 136

마트료시카

초판 1쇄 인쇄일   2023년 11월 20일
초판 1쇄 발행일   2023년 11월 29일

지 은 이   이미경
만 든 이   이정옥
만 든 곳   평민사
           서울시 은평구 수색로 340 〈202호〉
           전화 : 02) 375-8571 / 팩스 : 02) 375-8573
           http://blog.naver.com/pyung1976
           이메일   pyung1976@naver.com
등록번호   25100-2015-000102호
ISBN   978-89-7115-101-3   04800
           978-89-7115-663-6   (set)
정   가   9,500원

이 책은 사단법인 한국극작가협회가 한국문화예술위원회의 2023년 제6회 극작엑스포
지원금을 받아 출간하였습니다.

한국 희곡 명작선